Mathieu Lestrohan

Quimper, Nevada

le dilettante
7, place de l'Odéon
Paris 6e

ISBN 979-10-308-0098-2

C'est parce que je suis très sérieux
que j'ai le droit de plaisanter.

Ernest Hemingway, *Pour qui sonne le glas*

UN FAUX JETON

> « Au bout du compte, les commencements m'obsèdent. »
>
> Claire Vaye Watkins, « Fantômes, cowboys », *Nevada*

Comme cette histoire se déroule à Las Vegas, il faudrait sans doute que le récit débute devant le célèbre panneau « Welcome to Fabulous Las Vegas », afin de planter le décor, facile, avec un soleil couchant, des nuages vaguement roses, un homme avec des lunettes de soleil dans une décapotable rouge. En arrière-plan, de grands casinos qui vomissent des coulées de lumière et enflent à mesure que la magnifique décapotable se jette dans la gueule du Strip, long couloir aux airs de canyon. Il faudrait alors donner la marque de la décapotable, le modèle. Et l'année, aussi, les Américains ajoutent toujours l'année après le nom de la voiture.

Le problème est que le personnage principal de cette histoire n'est pas un homme avec des lunettes de soleil qui conduit une décapotable rouge sur le Strip de Las Vegas. Au contraire, quelques heures avant son entrée sur le Strip, Edmond, le protagoniste, se trouve dans un cadre beaucoup moins vendeur ; c'est dans la banlieue de New York, c'est classique, plan-plan, et il faudrait détailler par le menu la journée qu'il a passée avant d'arriver dans le Nevada. Il faudrait écrire quand, ce matin-là, Edmond a dit au revoir à sa femme, Virginia, et à leurs deux enfants, Lucy et Nathan, en fermant la porte de leur belle maison style Four Square de Long Island, alors qu'il se rendait à Las Vegas pour le week-end. Nathan ne lui a pas répondu, sans doute sa musique. P'tit con. Lucy lui a donné un dessin où tout le monde a l'air content. Virginia lui a lancé un dernier coucou depuis la serre où elle s'occupe de ses rosiers. Foutus rosiers. Il faudrait aussi préciser qu'il a pris un taxi pour l'aéroport ; il faudrait parler du voisin d'avion corpulent, le genre à ne pas prendre un siège hublot alors qu'il passe son temps à regarder par la fenêtre ; parler de tout ce qui a occupé Edmond durant le vol, quel film il a vu, quelle bière il a bue ; parler du moment où, après le décollage, il a commencé une to-do list dans laquelle il a écrit « baiser » sur son agenda à la date du jour et à celle du lendemain ; comment en écrivant il a tordu son poignet pour ne pas que son voisin le voie ; ou encore parler de ce qu'Edmond et ce même voisin ont pu ressentir quand ils ont vu Las Vegas par le hublot ; au milieu d'un océan de sable, c'était comme un énorme paquebot de croisière qui n'avançait pas, ses machines arrêtées au milieu de nulle part, comme si on attendait un invité de marque (Edmond, au hasard) qui arriverait par un hydravion affrété rien que pour sa petite personne. Il faudrait parler de pourquoi Edmond a écrit « baiser », parler de ce genre de pensée magique. Donc parler de sa femme, Virginia, parler de son boulot, professeur de littérature de la Renaissance italienne, parler de cette étudiante, Bettany, pour mieux évoquer le fait que, depuis Bettany, Edmond a des problèmes d'érection. Ce qui nous amènerait, en toute logique, au Viagra dans le sac Ziploc de sa trousse de toilette, et au frisson de honte qu'il a ressenti en déballant ses affaires face à la sécurité de l'aéroport.

Vous voyez, on est loin du héros qui pilote des voitures clinquantes cheveux au vent. Et quand on voit Edmond, enfin sorti de son avion, errer dans le terminal de l'aéroport McCarran et chercher son chemin, on se dit – à regret – que le mieux est de renoncer à ce début parfaitement parfait, marquant, inoubliable, devant le fameux panneau. Tant pis pour la Chevrolet Camaro rouge de 1987.

Ce jour-là, un vendredi, un homme, blanc, quinquagénaire, pressé, sortit de l'aéroport de Las Vegas. Il s'engouffra dans un taxi et dit au chauffeur : « Bellagio. »

Edmond avait glissé cela comme le mot de passe d'une société secrète, comme s'il était sur le point de faire une connerie. Moins grave que de tuer quelqu'un. Mais quand même plus que de boire un whisky double un soir de semaine. Suffocant, il regrettait de ne pas avoir autre chose que le revers de sa main pour s'éponger le front. C'était davantage le stress que la chaleur.

– Première fois à Vegas, hein !

Edmond hocha la tête, avec les sourcils qui disaient « ça se voit tant que ça ? », en regardant, dans le reflet de la vitre, ce qui pouvait trahir sa virginité nevadesque. Si le taxi l'avait interrogé sur le motif de sa visite, Edmond aurait été bien embêté. Ce n'était pas vraiment pour le travail : Percy l'avait invité, mais c'était une connaissance, un condisciple, et surtout, quand on connaît Percy et son peu de goût pour le travail, cela prête à sourire. Ce n'était pas vraiment pour le jeu non plus ; Edmond n'était pas tenté, même s'il avait laissé entendre à Virginia qu'il pourrait jouer, un tout petit peu, ma chérie, un tout petit peu, histoire de dire que je l'ai fait. Non, si Edmond Stone était arrivé à Las Vegas ce jour-là, c'était pour avoir une aventure extraconjugale, une *affair*, un coup d'un soir. Et si vous lisez cette histoire, comme je ne suis pas du genre à me fatiguer pour rien, c'est qu'il a réussi. Enfin, quand je dis « réussi », c'est une façon de parler. C'est d'ailleurs parce que ce n'est pas évident que cette histoire vaut le coup. Les évidences n'ont pas d'intérêt dramatique. Les gens lisses non plus. Exemple : il arriva à Vegas, séduisit la plus belle femme de la soirée, ils s'aimèrent toute la nuit, et le lendemain ils reprirent leurs avions, chacun de son côté, en jurant de se revoir (ou de ne pas se revoir, cela dépend des goûts de chacun). Mais y a-t-il seulement des gens lisses ?

Las Vegas est peut-être la seule grande ville des États-Unis, et même du monde, où le terminal déverse les voyageurs immédiatement dans la rue principale. Un peu comme si on avait construit Roissy à la place de l'Arc de triomphe (le vrai, pas celui du Paris Las Vegas). Depuis son taxi, Edmond contemplait le panorama, où se détachaient le monolithique et brillant Mandalay Bay (celui de l'attentat d'octobre 2017), un soupçon du sommet de l'Eiffel Tower et, au loin, la soucoupe volante qui termine la tige du Stratosphere. Tout le Strip en un clin d'œil. Quand on arrive à Las Vegas pour la première fois, l'absence d'unité architecturale empêche de se faire une impression définitive. Cela fait partie du plan : installer l'ambiguïté, mélanger tous les styles, faire jaillir l'incongru. Un patchwork de buildings dorés par le soleil, des deux côtés d'un boulevard parsemé de palmiers bien alignés, de gargotes, de bazars, restaurants, publicités pour des clubs de strip-tease, boutiques en tous genres dont les logos promettent des flaques de graisse, des rognures de débauche et des éclaboussements de mauvais goût. Mais ce qui saisissait le plus Edmond, c'était cette absence de séparation entre la ville et le désert le plus aride, sables brûlants qui bordent la ville et qui lèchent les orteils parfaitement manucurés du Las Vegas Boulevard, dont le panneau de bienvenue annonce une oasis – ou un mirage. Face à lui, des hôtels géants et biscornus surplombant des magasins, des monuments boursouflés enjambant des hôtels, un bric-à-brac à ciel ouvert où rien ne va avec rien, hypnose sur son cerveau bombardé, surcharge d'informations qui contraste avec le ciel sans nuances, sirupeux, à la fois dur et mollasson, poterie pas assez cuite.

Comme tous les hommes trop sérieux, Edmond était persuadé qu'il suffit de passer dans Vegas pour être corrompu : quelque chose dans l'air, ou alors dans les boissons que les casinos vous offrent, qui attaque les valeurs et les vertus comme la rouille attaque la chaîne de vélo. Mais à ce moment, il ne savait pas comment entrer mentalement dans Vegas, vaste théâtre sans scène où se côtoyaient, dans le désordre le plus total, un obélisque, une tour Eiffel, des montagnes russes, un palais romain, un château fort, des fontaines démesurées, une statue de la Liberté, un volcan, un palais romain toujours mais Renaissance cette fois, un campanile gigantesque, une douzaine de grandes tours de verre ultramodernes ici ou là, des canaux sur lesquels glissaient des gondoles exilées, la plus grande des grandes roues de la planète, un Rialto qui guidait vers un palais des Doges, au-dessus duquel se trouvait l'immense barre rectangulaire des trois mille chambres d'hôtel du Venetian. Êtes-vous déjà allé à Las Vegas, Nevada ? Qu'avez-vous ressenti en entrant sur le Strip ? Si des scientifiques demandaient aux touristes les symptômes éprouvés à leur arrivée, ils auraient ce genre de réponses gribouillées sur leurs formulaires à petits carreaux : une espèce de tournis, un va-et-vient continu entre le passé et le futur, entre le sobre et l'exubérant, un vertige, un malaise, et la rétine abîmée à jamais.

Un mépris vomitoire gagna Edmond au fur et à mesure que le Strip s'étalait, qui lui évoquait la grosse tartine beurrée d'un ogre affectueux. Le chauffeur le regardait d'un œil inquiet dans le rétroviseur. Il craignait pour sa banquette et indiquait de la main, sans quitter la route des yeux, un petit compartiment latéral avec des sacs prévus pour ce genre de passager.

– Encore quelques secondes, on arrive. Va falloir se retenir. Concentrez-vous sur un bâtiment. Regardez, là, sur la droite. Le MGM. Il est beau, hein ? C'est autre chose que le Luxor. Vous suivez, la boxe ? MGM, mes meilleurs souvenirs, les plus grands boxeurs y sont passés. Maintenant, c'est le MMA, là-bas, c'est ça qui fait venir les gens... Enfin... Vous êtes joueur ? Surtout n'allez pas jouer là-bas. C'est de l'arnaque. Allez à Fremont Street. Le vrai Vegas, avec des concerts de rue, des filles, de la bière fraîche, des gens sympas. Le Strip, c'est de pire en pire. C'est fini, les châteaux, les pyramides, les néons, les gens ne vont plus marcher sur le Strip pour le folklore, maintenant ils vont d'un hôtel à un autre en taxi, c'est tout. Vous avez vu, le City Center ? Aria ? Vdara ? Trump ? Rien, aucune identité, on se croirait à Manhattan, ou dans n'importe quelle ville de l'Est.

– Je vous avoue, souffla Edmond, que personnellement je préfère ça, le paysage est plus homogène.

– Et moi, je vous avoue que c'est meilleur pour le business, aussi !

Là, j'avais écrit comment le taxi arrivait au dépose-minute du Bellagio, comment Edmond avait jailli hors de la voiture avec une main sur le bide et l'autre sur la bouche, j'avais essayé de décrire la façade imposante de ce faux palazzo, en rendant au mieux l'atmosphère de jardin florentin. Mais c'était loupé. Alors il est préférable de zapper cette étape, comme la suivante, celle où Edmond poussait les portes tournantes du palace, empruntait d'un pas timide la moquette qui mène au check-in, dirigeait son corps sec vers les réceptionnistes pour récupérer sa clé, etc., pour recommencer directement lorsqu'il est installé dans sa chambre.

Allons-y :

Une fois installé dans sa chambre, Edmond dessinait une moue admirative. Percy s'était occupé de tout. Il avait *tout arrangé*. Attends, tu fais l'effort de venir, je suis touché, je vais bien te recevoir, je te réserve une suite au Bellagio, un coup de fil et c'est réglé. Edmond n'avait pas posé de questions. Habitué aux paroles en l'air de Percy, depuis le temps. Mais, pour une fois, ce n'était pas des paroles en l'air, la chambre existait bel et bien. Après deux ans passés dans le Nevada, Percy avait peut-être changé. Même si, il faut le noter, la chambre n'était pas une suite mais seulement une chambre supérieure. Imaginez un beau salon avec marbre et bois noble, un lit immense avec une tête de lit sculptée qui devait imiter telle pièce de musée, une penderie très luxe avec des cintres en or et une tringle qui scintillait, une fenêtre à la propreté irréprochable avec vue sur les fontaines en contrebas, et le Strip qui gigotait en arrière-plan.

Edmond sortit le sachet plastique où il avait rangé ses articles de toilette miniatures, les disposa au-dessus du lavabo, méthodiquement. C'est là qu'il vit que les échantillons du Bellagio valaient bien les cinq étoiles de l'hôtel. En bon fils de bonne famille, il rangea ses vestes et ses pantalons dans la penderie, pensant qu'il avait apporté beaucoup trop d'affaires pour un simple week-end. Il prit la petite bouteille d'eau du minibar et se décida à appeler Percy.

– Edmond, comment ça va, mon vieux?, lança Percy, goguenard. Alors, tu as trouvé mon cadeau?

– Quel cadeau?

– La petite souris est passée.

Edmond alla trouver entre l'oreiller et le couvre-lit un tee-shirt bleu ciel, avec écrit en grosses lettres capitales I GOT LUCKY IN LAS VEGAS. Il y vit une prophétie quant à son projet de coucherie, et sourit, bêtement, en reprenant le téléphone.

– Ah, et aussi, il y a un exemplaire de ma revue, sur le bureau, tu me diras ce que tu en penses, si tu trouves le temps de la lire.

Edmond n'était pas venu pour lire des revues littéraires, comment il faut le dire! Il avait besoin de Percy pour entrer dans Vegas, et sa voix se faisait plus pressante.

– Et sinon, on se voit quand?

– Aujourd'hui, c'est compliqué, vieux… Je t'expliquerai… Mais on se voit demain. Un bon buffet, voilà ce qu'il nous faut.

– Le buffet du Bellagio ?

– Non, non, on y bouffe bien, mais on s'emmerde. Non, viens plutôt au Ellis Island BBQ. Ça te rappellera le pays, si New York te manque déjà. Et puis tu goûteras leur bière, c'est pas mal. Bon, je dois te laisser. À demain, vieux !

Edmond comprit surtout une chose : il allait passer la soirée en solo. Après avoir tant espéré que Percy lui serve Vegas sur un plateau d'argent, après avoir cru qu'il lui présenterait des gens, des femmes, des filles, le voilà qui se retrouvait tout seul dans sa belle chambre d'un hôtel cinq étoiles.

La fenêtre ne s'ouvrait que sur quelques centimètres, par le haut, pour laisser passer un filet d'air et surtout pour empêcher les clients ruinés de faire le grand saut. C'est mauvais pour la réputation. De sa chambre supérieure parfaitement insonorisée, il voyait, vingt-deux étages plus bas, des dizaines de silhouettes, chacune de la taille d'une tomate cerise, barboter dans la piscine. Des femmes, surtout, qui gesticulaient de façon trop véhémente pour que leur amusement paraisse sincère. Edmond entendait la techno qui animait tous ces corps et il ne se voyait pas descendre à la piscine. Certes, pour son objectif (« baiser », on le rappelle), c'était une aubaine. Des gens à moitié nus, à moitié bourrés, on engage la conversation, il faut parler fort à cause de la musique, alors on se rapproche ; facile, on voit ça dans les séries. Mais il se sentait trop différent de ces spécimens pour se mêler à eux. Lui, dans une pool party ? Lui, le professeur de Columbia, spécialiste du *Décaméron*, de Pétrarque, au milieu de l'Amérique vulgaire ? Aller là-bas le décrédibiliserait auprès de lui-même. Il valait mieux que ces gens-là. Sûr et certain. Et aussi, il se trouvait bien pâle et chétif. Ce qu'il avait sous les yeux, c'était enfin « le » Las Vegas, celui dont parlait Virginia avec dédain, cet eldorado des gens sans goût et sans culture venus faire la fête, venus oublier. Venus baiser, aussi. Cela leur faisait quand même un point commun.

Il se sentait faible, à tel point qu'il se coucha sur le king size bed. Avec un masque de nuit beige où il était écrit *Bellagio* en petites lettres scriptes, il reposa ses yeux fatigués par trois heures de jet lag et par des années de vie inintéressantes à parler du *Décaméron*, à prendre bêtement soin de sa famille. Il se sentait comme le roi dans les contes, qui s'ennuie, seul, dans sa tour, et qui voudrait bien, l'espace d'une journée, sortir sans sa couronne d'Edmond et pousser des grands cris dans une piscine, entouré d'anonymes. Il savait bien que ces tomates cerises dans cette piscine étaient bourrées, ou bêtes, ou les deux, et que la plupart de ces gens faisaient semblant de s'amuser. À Vegas, tout fait semblant. Chaque serviette, chaque olivier bordant la piscine, chaque sourire fait semblant. Le Bellagio fait semblant d'être un palace à l'italienne, le Luxor fait semblant d'être une pyramide, des chevaliers en armure jouent tous les soirs un spectacle réaliste à l'Excalibur, sans parler des gondoliers du Venetian. À ce moment-là de sa vie, Edmond aurait bien voulu savoir faire semblant, n'ayant jamais compris si pour cela il fallait être plus intelligent ou alors plus naïf. Faux seins, faux rires, faux palmiers, la vérité de Las Vegas n'est pas la réalité contre le mensonge ; c'est le fait d'en rajouter et d'exagérer. On taxe souvent de faux ce qui n'est qu'une amplification. Mais des seins refaits ne sont pas des faux seins. Ce sont plutôt des seins exagérés. Pour adhérer à cette façon de penser, ce n'est pas une question d'être plus intelligent ou plus naïf, ou autre, comme Edmond se l'imagine. C'est le simple goût de l'exagération. Le goût du kitsch.

Il aurait pu aller à l'eau, après tout. Prendre l'ascenseur, sa serviette sur l'épaule, se caler dans un transat, le bide à l'air et les poils du torse au vent. Lui qui parfois à New York avait honte de se dénuder dans les vestiaires de la piscine, là-bas il passerait inaperçu, noyé dans la masse, incognito. Un des secrets de Las Vegas, c'est d'offrir à quiconque la possibilité d'une dispersion. On y oublie tout son passé, bercé par une lente dissolution de son moi, comme ce comprimé de Tylenol effervescent que, dans la salle de bains de la chambre supérieure, Edmond sortit de son sachet, mit dans le gobelet en plastique fourni par l'hôtel. Il ouvrit le robinet en or et attendit que le comprimé se dissolve entièrement dans l'eau en contemplant ce spectacle hypnotique. Il alla sous la douche, à l'italienne, bien sûr, profiter des jets suaves et brûlants. Et lui qui se croyait si vertueux… Trop bien pour Vegas, cette ville du péché qu'il visitait sans la cautionner. Mais Edmond à Vegas, c'était comme cette simple douche. Une complicité coupable cachée par de la bonne conscience. De la même façon que la peur n'évite pas le danger, la bonne conscience n'évite pas la faute, et Edmond profitait des richesses de Las Vegas dans toute sa mauvaise foi, sans avoir bien en tête que, pour avoir de l'eau quand il ouvrait un robinet, il avait fallu pomper toutes les nappes du Nevada et d'ailleurs, toutes celles du Grand Bassin, bassin endoréique grand de 500 000 km^2, c'est quasiment la France. Pour chacune des douches dans les dizaines de milliers de chambres d'hôtel de la ville, pour toutes les piscines, pour les greens de golf au milieu du désert, il avait fallu assécher tout l'ouest des USA, construire des aqueducs, exproprier des autochtones, des fermiers, exploiter des malheureux à la construction du Hoover Dam, pour que le miracle de Las Vegas persiste, pomper encore et toujours. Partie de 800 petits habitants en 1910, la ville n'avait cessé de s'agrandir et, depuis les années 1960, on se demande comment Las Vegas peut tenir en réserves d'eau. Il n'y a qu'à regarder les chiffres de la démographie locale pour admirer le désastre.

1940	8 000 habitants
1950	25 000
1960	64 000
1970	120 000
1980	160 000
1990	250 000
2000	480 000
2010	580 000
2019	650 000

Et la bagatelle de 2 millions de personnes dans l'agglomération. On n'est pas près de revoir des prairies à Vegas.

2.

Une heure plus tard, avec sa belle chemise blanche qui selon Virginia lui donnait un air macho, Edmond sortit du Bellagio ; après quelques pas il se retrouva au New York-New York, en pensant qu'il se sentirait un peu comme chez lui. C'était bruyant, bondé, personne ne prêtait attention à sa chemise de macho, et d'ailleurs il n'avait jamais trop su si, dans la bouche de Virginia, le mot « macho » traduisait de l'excitation ou du dégoût, ou peut-être bien un subtil mélange des deux, exemple même d'un entre-deux ambigu type *La donna è mobile* dans lequel flottait selon lui toute personne du sexe féminin.

Sortant du casino pseudo-new-yorkais, il avait marché, quelques pas, pour échouer au Luxor. Il pensait à ces parcs d'attractions dans lesquels on change de thème et d'univers en marchant seulement quelques dizaines de mètres.

Par rapport au Bellagio, le Luxor était clairement deux ou trois classes au-dessous. Du bruit, du bruit, encore du bruit, un brouhaha qui montait de la grande salle comme les âmes des méchants dans les cartoons, mais qui ne trouvait pas la sortie et se multipliait en rebondissant sur les murs. Écho assourdissant, cercle de l'enfer, il y avait des hommes ventripotents affalés sur des espèces de déambulateurs. Il y avait des tables de vidéo poker partout, des rangées de machines à sous avec leurs bip-bip stridents de pré-jackpot qui comme un pétard mouillé n'éclatait jamais. La moquette lui donnait envie de vomir, les grands seaux pour les jetons lui donnaient envie de vomir, le bruit lui donnait envie de vomir. Sa tête tournait comme une bille à la roulette, il se massait le crâne mais ça ne changeait rien. Ses membres ramollissaient, rien n'allait plus.

Pour espérer se détendre, Edmond s'installa à une table de black jack, où il avait d'ailleurs repéré deux femmes, de son âge environ, peut-être plus jeunes, mais pas beaucoup plus. Il y avait aussi des types asiatiques, habillés en pantalon noir, chemise oxford, qui claquaient un fric pas possible. Edmond s'assit à la seule place disponible. Cela lui fit du bien, l'envie de vomir lui passa, il se concentra sur un point fixe de la table. Les doigts de la croupière étaient drôlement poilus.

Il avait remarqué que les deux femmes le regardaient, attentives à ses gestes, à ce qu'il jouait. Edmond jouait pourtant n'importe comment, petit bras quand il fallait y aller, dangereusement quand il fallait s'arrêter. Par bonheur, ses mises étaient insignifiantes. Les regards continuaient. Pas de doute possible, c'est pour moi. Ne sachant comment réagir à ces œillades, il avait opté pour la tactique qu'il maîtrisait le mieux : ne rien faire, feindre de feindre l'indifférence. Mais tous ces jeux subtils d'écoliers n'avaient aucune valeur dans la ville du péché, et une des femmes ne tarda pas à engager la conversation, en gloussant :

– Ma copine Barbara pense que vous êtes Sagittaire. Moi, je suis sûre que vous êtes Lion.

Edmond avait l'astrologie en horreur et il était d'ailleurs fermé à toute forme de divination. Mais comme tant d'autres choses, si bêtes soient-elles, si une femme séduisante vous en parle, vous tendez l'oreille.

– Je suis Bélier.

Il sentit une forte odeur de scotch-soda de bas étage et se dit que ça devait se rapprocher du whisky frelaté qu'on s'enfilait en loucedé durant la prohibition. Ou pire encore, celui avec lequel on saoulait les autochtones pendant qu'on signait avec eux des traités capitaux.

– Ah, Bélier, oui, maintenant que vous le dites. C'est même frappant.

À Barbara (coup de coude et mouvement de menton) :

– Tu vois, Barbara, il est Bélier, je te l'avais bien dit. Tu aimes bien les Bélier, non ?

– Ah non, alors, éructa Barbara. Avant Deacon, j'étais avec un Bélier, un type qui a couché avec moi et qui m'a jamais rappelée.

– Tous les Bélier ne sont pas comme ça, lança Edmond, qui perdait complètement de vue son jeu et sa mise.

– Si, ils le sont, coupa Barbara en demandant une autre carte à la croupière. Fonceurs, têtus, pas dignes de confiance.

– Même moi ?, dit Edmond, d'un ton badin qui ne lui allait pas du tout, faisant le joli cœur en laissant passer cette main qu'il n'avait pas du tout suivie.

Barbara ne répondait même pas, concentrée sur la partie et augmentant sa mise.

– Oh si, vous êtes un gentil, ça se voit, répondit Pamela, davantage intéressée par la conversation que par le black jack. Mais je suis Lion, faut dire. Les Bélier sont doux avec les Lion.

À cet instant, la croupière s'en alla, remplacée par un homme incroyablement vieux, quelque chose comme 80 ans. Edmond, coupant court à la séance de voyance, se recentrait sur des questions plus essentielles :

– Vous êtes là pour quoi ?

– Nous, on est là pour s'amuser. On vient de Nashville, Tennessee, pour célébrer le divorce de Barbara.

– Et vous fêtez ça en passant la soirée au black jack ?

– Non, intervint Barbara, toujours sans tourner la tête et très concentrée sur son jeu et sur le croupier, qu'elle ne ménageait pas, même s'il avait bien du mal à manipuler les cartes et les jetons. Ça, c'est pour autre chose. Je vais gagner le jackpot, et après, direction Los Angeles, Californie, pour me faire faire une hyménoplastie. Comme ça, c'est comme si ce salaud ne m'avait jamais rien fait. Et pas seulement lui. Tous. Comme si on m'avait jamais rien fait.

Barbara était séduisante, dans le genre blonde, grande et mince, le genre à passer toutes ses matinées sur un simulateur de marche avec vue sur un parking désert. Edmond apprit ensuite qu'il faut compter environ 2 000, 2 500 dollars pour une hyménoplastie de bonne facture et que le docteur Burns, à Oxnard, Californie, est le chirurgien qui a même opéré une cousine des Kardashian. Les hommes en chemise oxford semblaient tirer des sous depuis des poches sans fond : 200 dollars, 200 dollars, 200 dollars, sans discontinuer. Quant à Pamela, elle lui évoquait le type de fille qu'on voit dans les scènes de village des vieux tableaux flamands, avec son teint rougeaud et ses seins qui débordaient d'un chemisier à carreaux bon marché. Quand Edmond lui apprit qu'il était descendu au Bellagio, elle posa plein de questions avec admiration.

Pendant que Barbara ressassait son divorce, Edmond dit à Pamela :

– Et vous, Pamela, vous n'êtes pas mariée ?

– Jamais. On m'a jamais demandé. Je dois pas être le genre de fille qu'on épouse.

Et puis, regardant vers le plafond sans âme :

– Parfois j'aimerais un chirurgien qui me refait la vie.

– C'est beau ce que vous dites.

C'était cette voix du séducteur mal assuré. Edmond ne savait pas combien, sur une échelle de 1 à 10, il se serait donné en sincérité.

Et soudain Barbara se leva, brutalement.

– Bon, Pamela, on fait quoi, maintenant ? J'ai envie de sensations fortes. Je sais, on va aller au Stratosphere, tout en haut, il y a des manèges qui foutent la frousse, au-dessus du vide.

– Comme tu veux, c'est ton week-end.

Edmond sentait qu'il ne marquait pas de points avec ces filles et qu'il fallait se montrer plus ouvert, plus seigneur. Alors qu'elles discutaient, il augmenta ses mises de départ. Il joua 200 dollars, il perdit. Dépité d'avoir perdu, il se donnait du mal pour faire bonne contenance car les donzelles s'intéressaient de nouveau à lui, comme une attraction, comme une curiosité de rue, comme une statue vivante. Il joua encore gros, 100 dollars : il perdit. Et composait un visage de perdant magnifique, un sourire de celui qui reconnaît la supériorité de son adversaire, ce qui est incongru dans un jeu aussi hasardeux que le black jack. Il y prenait goût, et perdit 100 autres dollars. Toujours dans son personnage, il déclara qu'il avait besoin de boire quelque chose de costaud, et cherchait, hagard, une serveuse à apostropher.

De son côté, Barbara changeait d'avis pour la énième fois. Dure à suivre. Barbara è mobile.

– Oh et puis ça ne me dit rien, en fait, finalement, le Stratosphere. Je n'ai pas envie de sensations fortes. Tu as une idée, Pam ?

Pamela était on ne peut plus conciliante :

– On pourrait aller à l'aquarium du Mandalay Bay, voir les requins. Edmond, vous aimez les poissons ?

Pendant qu'elles bavardaient, Edmond se demandait laquelle il avait le plus de chances de séduire ce soir. Barbara venait de divorcer, elle était susceptible d'être intéressée, et surtout revancharde. Mais d'un autre côté elle avait l'air hargneuse, versatile et aussi moyennement partante. Quant à Pamela, coucher avec elle aurait des airs de service rendu entre gens cordiaux, genre la voisine qui vous dépose à la gare routière. Et plus il les regardait, plus il comprenait à quel point les deux projets étaient opposés.

Avec Barbara, c'était l'occasion de passer un moment avec une belle femme, de se balader aux tables de jeu, devant les casinos, devant les hauts lieux de la ville. Avec le portier qui lui regarde le cul, avec le chauffeur de taxi qui mate ses nichons dans le rétro, et Edmond fier d'être celui qui ramène la coupe à la maison. Après, dans l'intimité de la chambre, Barbara, en tant que femme séduisante, devait sûrement être froide comme un glaçon, habituée à se laisser faire. Sans compter que leurs projets de vie étaient en tous points contraires, comme si Las Vegas était un tourniquet à double passage : Barbara allait vers l'ouest pour chercher à suturer son corps, espérant retrouver une pureté toute chimérique, alors qu'Edmond, qui repartirait bientôt vers l'est, était là pour s'ouvrir, se répandre. On pourrait dire s'avilir, mais c'est un peu trop fort. Disons se déprécier, comme une devise. Se dégrader, comme une notation chez Moody's. On dit que qui veut faire l'ange fait la bête, et Barbara nageait en pleine illusion avec ce projet déroutant et voué à l'échec. Mais la réciproque est tout aussi intéressante : qui veut faire la bête fait l'ange. Car je crois que c'est ça, l'aventure d'Edmond dans le Nevada. Il avait tant pensé à cette idée de se rouler dans la fange de Las Vegas comme un joyeux porcelet, mais sur place rien ne se passait comme prévu, il se sentait seul au monde, seul au Strip, tentant de cacher aux yeux de tous ces pécheurs qui l'entouraient son auréole de type sans histoires et pas fait pour cette ville.

Avec Pamela, en revanche, c'était tout autre chose. Elle l'excitait davantage, pour ne parler que de la chair. C'était aussi la vie simple, joyeuse, dénuée d'orgueil. Ils passeraient tous les deux totalement anonymes dans les couloirs, dans les restaurants, elle n'aurait été ni une conquête, ni une possession, ni une médaille mais un simple bon moment, sans luttes, sans passions. Qu'est-ce qui était le plus important ? Passer un bon moment de plaisir pur ou caresser son ego comme un chat angora ? Laquelle choisir entre une qui flatte l'ego et une qui flatte les sens ? Comment, Socrate, appellerais-tu celui qui choisit celle qui flatte l'amour-propre ? Par Zeus, je ne l'appellerais pas un philosophe mais bien plutôt un ennemi de la sagesse. La sagesse telle qu'on se la représente invite à refuser ce que nous dicte notre ego. Mais l'ego, voyez-vous, ça reste, c'est du solide, on s'en souvient des décennies plus tard ; les sens, eux, sont éphémères (et c'est aussi pour ça que c'est beau). Edmond pensa aussi à la possibilité fantasque d'un ménage à trois, ça se fait bien, après tout, surtout à Las Vegas. Et puis ça ferait une chouette histoire à raconter aux copains, si seulement Edmond avait des copains. Des collègues, des voisins, oui. Mais pas d'amis. Il y avait bien Percy. Mais c'était Percy.

Je me rends bien compte qu'après une telle phrase devrait logiquement arriver un portrait de Percy, avec ses parents, ses origines, ses pourquoi, ses comment, etc. C'est sûr, c'est ce que ferait un narrateur consciencieux. Mais ça me gonfle. Je préfère parler des problèmes d'érection d'Edmond. Écoutez plutôt :

Depuis quelque temps, Edmond a du mal à bander. L'âge, Bettany, la vie à la maison, un peu de tout ça, et la simple idée de coucher avec Barbara et Pamela ensemble, d'abord l'excitait, mais très vite lui coupait ses moyens ; de plus, son côté humble estimait que, dans un ménage à trois, il devait forcément y avoir un laissé-pour-compte, et il ne voulait pas faire vivre ça à Pamela ou à Barbara, et encore moins à lui-même.

Quoi qu'il en soit, Barbara se leva : elle partit soudainement quand un nouveau groupe de joueurs se dirigea vers leur table de jeu, après avoir déclaré « j'aime pas les Mexicains, on s'en va ». Pamela essaya de la retenir mais lui emboîta le pas, saluant Edmond en vitesse. Il voulut lui signifier qu'il restait joignable, et prêt à faire plus ample connaissance. Mais sans vouloir paraître trop nécessiteux. Un mélange de distance polie et d'envie bestiale. Un juste milieu entre sa carte de visite et le numéro de sa chambre.

Dans la précipitation, elles avaient laissé leurs seaux et leurs jetons. Celui de Barbara contenait 6 dollars et 1 quarter, et celui de Pamela seulement 1 dollar. Ainsi, poursuivant la mince opportunité qu'il avait devinée dans les yeux de Pamela, Edmond se lança à sa poursuite, tenant dans les mains les grands seaux en plastique.

Dans la rue, il marchait avec ces jetons, qui depuis qu'il était sorti du Luxor n'avaient plus aucune valeur, comme des pièces étrangères après un voyage.

Ainsi chaque casino du Strip, qui incarnait plus ou moins un pays, était comme un séjour à l'étranger : l'Égypte, l'Italie, la France, etc. Il se sentait plutôt bête, avec ses jetons sans valeur, surtout quand il arriva devant le Mandalay Bay.

Premier casino situé sur le Strip depuis l'Interstate 15, c'est-à-dire pour les gens de Los Angeles, le Mandalay Bay est un hôtel-casino très imposant, lumineux, comme si tout le soleil de la Californie venait s'y refléter. Edmond suivit les panneaux indiquant le Shark Reef, le fameux aquarium en question et principale attraction de l'endroit, à la recherche de sa future conquête. Mais il ne trouva personne. Les longs couloirs étaient vides, le carrelage trop éclairé lui filait des maux de tête, ça recommençait comme précédemment, et chaque coude du labyrinthe qu'il passait n'annonçait qu'un autre long couloir de plus. Il échoua près de l'espèce de monorail qui relie Mandalay Bay-Luxor-Excalibur en quelques minutes. Asie du Mandalay, Égypte du Luxor, Europe de l'Excalibur, tout le monde descend.

Revenu dehors, il traversa la passerelle jetée au-dessus de Tropicana Avenue, atteignit le Monte Carlo où un autre monorail, l'*Aria Express*, l'attendait. Une vie en monorail, bien calé sur une banquette, une vie sans effort. La cabine de l'*Aria Express* a des parois en verre mauve, ce qui est non seulement hideux, mais très déroutant. Tout le paysage extérieur s'est coloré de mauve, le monorail démarrait et roulait sinueusement entre les tours curvilignes du Vdara, de l'Aria, du Mandarin, tout ce complexe ultramoderne qu'on a appelé City Center. À son dégoût du toc de tous les casinos vintage succédait le malaise d'un futur déshumanisé, où les grandes tours de verre sont comme des citadelles de science-fiction, et il s'attendait à voir dans le ciel mauve des embouteillages de drones, de robots, et pourquoi pas d'androïdes en plein vol, le poing tendu vers l'horizon, chaussés de miniréacteurs à propulsion. La lumière mauve donna à Edmond l'impression d'être un acteur qui joue ses scènes tout seul avant que le studio n'ajoute un décor et des partenaires en postproduction. Il se cramponnait aux seaux de jetons, comme s'il craignait d'être contaminé. Par Vegas. Par ce trop-plein de références culturelles maltraitées, par cette ville-casino qui fait son beurre avec tout ce que la civilisation a pu produire en le détournant pour le transformer en machine à fric. Il pensait à l'humanisme, aux valeurs de l'Occident, à la culture et à la lumière face aux ténèbres de la barbarie inculte et de la sauvagerie des masses. Il pensait à Milan Kundera, Umberto Eco, tant d'autres, qui ont dit « kitsch » et cela leur suffisait pour mettre à distance ce qu'on appelle aussi populuxe, pour ne pas voir cet instant où les masses mettent leurs sales pattes de pauvres sur des siècles de beau savoir. Il ressentait comme une crainte d'être dépossédé. D'être changé en kitsch, comme dit Kundera. Vegas, la menace qui pèse sur une culture plurimillénaire, qui se voit réduite à du simple divertissement.

Le kitsch des auteurs du XXe siècle est peu ou prou la même chose que le côté obscur de *Star Wars* ou la même tarte à la crème que l'allégorie de la caverne. Pas besoin de dévorer toutes les Pléiades et de hanter la BU. Nous passons, tous, par les mêmes sentiments, et les hésitations d'Edmond devant Pamela et Barbara étaient du même tonneau. Avec Barbara la harpie, c'était l'amour du côté kitsch : vivre comme les autres, fréquenter une beauté, vivre pour les autres, vivre pour le regard des autres, penser à l'effet de ce qu'on fait au lieu de vivre le moment présent, simplement. Avec Pamela, c'était la vie sans chic, sans panache, mais un vrai bon moment, et Edmond savait très bien en lui-même qu'il avait plus envie, sexuellement, de Pamela, dont les morphologies, les formes et les mimiques respiraient l'honnêteté et la fraîcheur de vivre. Pourtant, culturellement, il avait envie de Barbara, promesse d'un statut envié par tout homme. Quel est le plus important? Il y a le plaisir brut, simple. Il existe aussi le plaisir raffiné et légèrement cruel de se comparer aux autres et de jouir de sa supériorité.

Après tout ce qu'il avait vu du Strip de Las Vegas en deux petites heures, Edmond oscillait entre dégoût et fascination, et il se calma en se disant que tout ça n'était qu'une vaste parade exhibitionniste, sans chef d'orchestre, sans fil directeur, un bazar où on ne classe plus rien, où les chefs-d'œuvre s'entassent. En tout cas il ne se trouvait pas à sa place, lui, le New-Yorkais spécialiste, entre autres, du Quattrocento. C'est simple, en passant de New York à Las Vegas, il avait perdu toute sa valeur, exactement comme un de ces jetons sortis du casino, comme un poisson hors de l'eau. Il s'interrogeait sur tous les gens qu'il croisait. Vivaient-ils aussi mal que lui l'idée d'être ici, sans but, sans valeur ? Ou bien étaient-ils en harmonie avec le fait de s'abîmer dans cet endroit où plus rien ne compte ? Est-ce qu'ils sont différents de moi ?, se questionnait le professeur, rejoignant alors un de ces grands drames humains, « mais comment font les autres ? » Bref, il se noyait dans un verre d'eau. On ne connaît jamais vraiment les gens, et je me dis qu'il suffit de les placer à Las Vegas, comme des petits Playmobil, pour voir ce qu'ils sont vraiment. Des jouisseurs ? des pécheurs ? des complexés ? des mesquins ? des gagne-petit ?

Devant un groupe de sosies d'Elvis, Edmond observait tous les gens avec des perches à selfie, tous avec le sourire, tous à prendre en photo ou en vidéo le spectacle, ce qu'il ne comprenait absolument pas. Est-ce eux qui ont un problème ou bien ça vient de moi ? Le refus de la facilité l'avait toute sa vie écarté de plaisirs simples, et la culture occidentale était le trésor sacré qu'il s'était inconsciemment juré de protéger contre la barbarie. La culture, c'est ce qui reste quand on a tout oublié. Vegas, c'est tout pareil : des lieux emblématiques de l'Occident réduits à quelques éléments de langage. Le Moyen Âge réduit à un château aux tours rouges et bleues. Une Égypte réduite à une pyramide en toc, un sphinx et un rayon laser. New York réduite à la statue de la Liberté et aux gratte-ciel, etc. Comme décor ultraréaliste, Sin City est une sous-couche bas de gamme qui fait à peine illusion, qui ne cherche pas la vérité mais simplement la suggestion facile pour qu'émerge, dans l'inconscient des quarante-deux millions de touristes annuels, plus que Paris, plus que Rome, une somme bancale de références culturelles. Et Edmond, après son odyssée sur le Strip, apparut de nouveau devant le Bellagio en fête.

3.

On se souvient toute sa vie de la chanson qui passait la première fois qu'on s'est trouvé devant les fontaines du Bellagio. Pour Edmond, ce fut Sheryl Crow, *All I wanna do is have some fun*. Sheryl chantait pendant que les jets d'eau dansaient, et il trouvait ça beau. Sheryl lisait dans ses pensées : tout ce qu'il voulait, c'était s'amuser un peu. Les geysers montaient à des dizaines de mètres, feu d'artifice aquatique. Edmond pensait à tous ces 4-Juillet qu'il avait vécus dans l'ombre. Tous ces feux d'artifice qu'il avait regardés de loin, sans se mêler à la ferveur populaire. Il était venu ici pour oublier ses soucis. Au contraire, des choses enfouies très profondément jaillissaient de la source de ses complexes, et soudain les figures de Virginia, Bettany, ses parents, son chauffeur de taxi, ses collègues, ses enfants, Percy, Barbara, Pamela, ses amis, ses étudiants, tout son petit monde dansait devant le Bellagio. Les silhouettes familières derrière les colonnes d'eau sautillaient, l'éclaboussaient, jouaient ensemble comme à une mythologique fête de bois sacré, où les sources parlent, où les chutes d'eau abritent des esprits. Tous les gens qui peuplaient son âme lui tendaient des bras liquides et si réels qu'Edmond se mit à sourire, gêné, mais volontaire, approchant même la main pour que tous l'emportent dans le tourbillon nocturne des souvenirs troublés.

Au bout de quelques minutes, Sheryl Crow s'arrêta, les jets d'eau se calmèrent, le passé retourna dans ses robinets aussi vite qu'il était apparu. Autour de lui, uniquement des figures étrangères dans la nuit, personne à qui parler. Edmond reprit sa main tendue et se saisit des seaux de jetons qu'il avait posés sur le muret bordant le bassin des fontaines. En parcourant les quelques pas qui le séparaient de l'entrée de l'hôtel, il repensa à tout ce qu'il avait vu depuis son entrée dans le canyon du Strip. Ses impressions étaient mitigées, et pour cause. Le Strip n'était ni beau ni moche. La modernité était enroulée à la ringardise comme le serpent sur le caducée ; les stars des grands shows étaient des has been, Céline Dion, David Copperfield, tout respirait le toc, le contrefait, tous les bâtiments étaient surchargés de néons, de leds, de sculptures, de détails superflus. Est-ce que tous les détails ne sont pas superflus, d'ailleurs ?

Quand Edmond s'était engagé la première fois sur le boulevard, il s'était récrié, en pensant : « Je vaux mieux que ça », je vaux mieux que ce Venise de carton-pâte, que cet improbable pont des Soupirs, je vaux mieux que ce couple qui se pâme, main dans la main, dans sa fausse gondole, je vaux mieux qu'un ciel peint sur le faux plafond de la fausse place Saint-Marc, je vaux mieux que cette vieille dame qu'il avait entendue dire, au milieu d'un groupe de touristes, « C'est Venise sans les inconvénients ! On était en Italie l'année dernière et c'est sale, bruyant et dangereux, on est bien mieux ici, avec la clim, on peut profiter des monuments et des boutiques en toute tranquillité », je vaux mieux que tous ces gens sans aucun goût et fiers de l'être. Mais ça, c'était quelques heures avant. Depuis, à la pensée « je vaux mieux que ça », Vegas avait fait jaillir de ses fontaines une question cruelle : mais au fait, qu'est-ce que je vaux ?

Ce qui se passe à Vegas reste peut-être à Vegas, mais reste surtout un défi pour un professeur de Columbia. Une copie exacerbée des richesses et des outrances occidentales, avec le mérite de rendre apparente l'hypocrisie de nos modes de vie : des riches Blancs qui s'amusent, revisitent leur civilisation et consomment toutes les ressources pendant que dans l'ombre des hôtels, des buffets all you can eat, des clubs olé olé s'affairent des petites mains mexicaines, érythréennes, népalaises. Un Occidental digne de ce nom parcourt la planète à la recherche de son moi profond, de sa vérité, rêve d'une quête spirituelle, rêve de Tibet, de Palestine, d'Amazonie vierge, de Yukon solitaire, cherche désespérément une raison de vivre comme on cherche une pépite d'or, rêve d'un lieu authentique pour rencontrer son moi authentique. Mais, paradoxalement, c'est l'endroit le plus trafiqué qui fait jaillir la vraie nature de quelqu'un. Harmonie des contraires. Ce n'est même plus Socrate, c'est Héraclite. Et aucun autre endroit ne vous mettra en face de votre vraie nature comme Vegas, aucun autre endroit ne vous débarrassera mieux des belles pensées que vous avez sur vous-même.

Les intellectuels détestent Vegas, ils la tiennent à distance et la chassent de leur esprit comme une mauvaise pensée, parce que son existence menace leurs certitudes, parce que chaque casino à thème tourne en dérision ce qu'ils tiennent pour fondamental. Edmond savait qu'on trouvait tout à Vegas, mais jamais il n'aurait cru que le Strip proposait des crises existentielles. Gratuites, qui plus est.

Heureusement, le remède est voisin du poison. Las Vegas, ville de l'oubli, est souvent réduite au jeu, au casino. Mais le jeu n'est qu'un ingrédient parmi d'autres. Il y a tout ce qu'il faut pour oublier : de l'alcool, des filles, des spectacles, un vrai paradis du divertissement, on peut réserver une séance au stand de tir, on peut se marier, on peut même jouer avec une vraie pelleteuse dans un faux chantier pour 50 dollars la demi-heure. Comme après un don du sang, Edmond, vidé, avait bien besoin de se requinquer.

Il repensa à la raison élémentaire de sa venue ici. Et toujours pas de Pamela, de Barbara. Et toujours ces seaux de jetons.

Je pense que c'est le bon endroit pour caler mon paragraphe flash-back sur le moment où Edmond pense à Vegas pour la première fois :

C'était trois mois plus tôt, dans un fast-food de Manhattan, un Shake Shack. Edmond aime bien se faire un fast-food, de temps en temps, tout seul, entouré de jeunesse et de touristes. Deux types en costume mal ajusté se racontaient leur week-end. L'un revenait de Las Vegas. Edmond tendait l'oreille en sirotant son Mountain Dew. L'autre type demanda :

– Et les gonzesses, alors, elles étaient comment?

– Des gonzesses, je te jure, mieux que dans un rêve. Elles te font tout ce que tu veux, tant que tu allonges la monnaie. Et pas bêtes, en plus, c'est quand même des filles qui ont de la conversation.

Edmond n'était encore jamais allé à Las Vegas. Dans son milieu, c'était aussi incongru que d'entrer chez un tatoueur pour demander un aigle royal sur l'épaule ou un piercing au téton. Qu'on aille là-bas, pourquoi pas, mais qu'on ait la décence de le taire. Le mauvais goût et le mythe de la ville du péché, l'homme ne mérite pas de tomber aussi bas. Mais quand même, là-bas, pensait-il entre deux gorgées de Mountain Dew, il pourrait s'en donner à cœur joie, fuir sa prison domestique pour quelques instants. Et il se rappela Percy, qui avait quitté New York pour un vague poste à l'université du Nevada. En disant à Edmond avant de partir qu'il y serait le bienvenu, quand tu veux, tu m'appelles, et à nous la tournée des grands-ducs. Edmond lui répondit bien sûr, bien sûr, sachant bien ce qu'il pensait de Vegas mais qu'il gardait pour lui : une ville bâtie par des gangsters incultes, règne des bas instincts et terre promise des rappeurs, des vedettes de téléréalité, un lupanar à ciel ouvert, une ville-maladie qu'on a mise dès sa naissance en quarantaine, éloignée de toute civilisation, pour mieux l'isoler de la population restée saine. Et, accessoirement, en ce qui concerne Percy, un enterrement de première classe pour une carrière universitaire. Mais ce jour-là, au milieu du Shake Shack, ne perdant pas une miette de son bacon burger et de la conversation des deux compères, il se mit à réfléchir à un séjour là-bas. Histoire de vérifier. Si jamais cela pouvait l'aider à retrouver sa vigueur. Les semaines passaient, son problème ne s'arrangeait pas et les paroles des inconnus du Shake Shack repassaient en boucle. C'était décidé : il allait partir pour Las Vegas, un de ces week-ends. Il ne s'interdirait rien, compterait sur Percy pour lui trouver des filles, enfin, une, au moins, pour commencer, et réfléchit à la possibilité de payer une escort, même si le simple mot de prostitution lui semblait trop éloigné de ses préoccupations. Quant à celui de bordel, il transpirait la maladie vénérienne. C'est le problème quand on a lu trop de livres.

Ce voyage improvisé étonna Virginia, évidemment :

– Vegas ? Le Las Vegas ? Toi ? Mais pour y faire quoi ?

Je te laisse deviner, rascasse. Edmond s'empêtra dans des explications confuses, un colloque, une invitation de Percy. Virginia ne se joindrait jamais à lui, il était sûr qu'elle ne le proposerait même pas tant elle détestait Percy. Elle le trouvait ramenard, poseur, imbu de lui-même. Il avait le don d'entraîner Edmond dans des escapades de célibataires et, de temps en temps, il y a dix ans de cela, quand Edmond allait avec lui dans les bars du Lower East Side, de Williamsburg ou Dieu sait quel endroit encore, elle se rongeait les sangs jusqu'à ce que, vers les trois heures du matin, elle entende la clé tourner dans la porte et Edmond avancer dans la maison endormie à pas de loup, traînant dans la chambre à coucher une odeur de coyote et une haleine de chacal.

Cette escapade devait redistribuer les cartes. C'est tout le contraire qui se produisait. Il devait ne plus se poser de questions, il s'en posait de nouvelles. Il prenait Vegas de haut, jusque-là. Il valait mieux que ça. Mais cette nuit, c'était comme si tout cela n'avait plus aucune valeur. Les gens sur le boulevard le bousculaient, tout ça ne comptait pas, il en bousculait d'autres. Vegas, c'était une utopie qui ne disait pas son nom : l'égalité de tous les hommes entre eux, sans statut, sans distinction, sans histoire commune si ce n'est les grandes lignes d'un fonds culturel en ruine, et qui poursuivaient les mêmes buts élémentaires, jeu, sexe et divertissement. La fin des classes. La fin de l'histoire.

4.

J'essaie de traduire au mieux les pensées d'Edmond, ce qui est un travail assez complexe qui tend à être répétitif, et, surtout, cela bloque le développement de ce récit. Comme je pourrais continuer longtemps, le mieux est d'arrêter d'analyser la psychologie d'Edmond et de rappeler sur scène Pamela. Enfin un peu d'action.

Car après cette scène devant les fontaines, se dirigeant piteusement vers sa chambre d'hôtel, Edmond retrouva contre toute attente Pamela, qui déambulait dans le lobby du Bellagio. Elle bredouilla une histoire brumeuse, il comprit qu'elle le cherchait. Il eut une bouffée d'orgueil.

Ici : le passage où Pamela est époustouflée de monter dans une chambre du Bellagio. Edmond a utilisé un prétexte transparent, sans fard, disant quelque chose de gros comme une maison, comme « les fontaines du Bellagio, oui, elles sont belles, magnifiques, mais encore, si vous saviez la vue qu'on a de ma chambre ! » Plus c'est gros, plus ça passe. Puis le passage où ils entrent dans la chambre, le passage où Pamela admire le paysage et où Edmond s'enfile une mignonnette en douce pour se détendre. Le moment où il met une main sur son épaule et où sa main à elle rejoint sa main à lui. Le moment où ils basculent tous les deux dans le très grand lit.

Sexuellement, ça ne fonctionnait pas très bien, Edmond peinait. Allongée sur le dos, Pamela regardait au plafond les moulures en trompe-l'œil et les motifs d'acanthe pendant qu'Edmond se concentrait en fixant l'étiquette de l'oreiller où étaient inscrites les consignes de lavage.

– Je peux mettre la télé ?, elle demanda.

– Comme tu veux, répondit Edmond, trop préoccupé pour estimer cette demande incongrue.

Elle mit un jeu TV. Un présentateur en costume débitait des questions de culture générale, ou plutôt populaire. Ça tournait au cauchemar. Pendant plusieurs minutes, le bruit de fond se mêla aux grommellements d'Edmond, qui de préoccupé devenait nerveux.

– Attends, finit par dire Pam, je vais t'aider.

Elle se redressa, entreprit donc de l'aider avec un œil sur le téléviseur. Les publicités défilaient et le sexe d'Edmond restait mou. Pam commentait les pubs. La fille de cette pub, je la déteste. Edmond répondait timidement, regardait lui aussi la télé pour penser à autre chose. Mais tout cela le rendait irritable.

– Arrête, c'est gentil, mais tu vois bien que ça ne sert à rien.

– C'est bizarre, s'interrompit Pamela, avec Bobby, qui avait le même problème que toi, ça marchait pas mal, ce truc.

– Qui est Bobby ?

– Un ex. Enfin, ex… C'était un livreur, qui venait souvent à la boutique, il y a des années de cela. Un garçon très sérieux, très appliqué. Un Capricorne, pourtant.

Edmond soupesait les seins de Pamela éclairés par la lumière bleue du téléviseur pendant qu'elle continuait à parler.

– Je l'ai recroisé, l'autre jour, au cinéma. C'est dingue ce qu'il a perdu du poids. Attends, on peut changer de chaîne ? J'aime pas à partir de ce moment-là, les questions deviennent trop dures.

– On peut pas en dire autant de moi.

Edmond s'est levé et s'est dirigé vers la salle de bains. Il avait envie de tout casser.

Il ne retrouvait plus son Viagra, il fouillait partout, renversait ses affaires, finit par retrouver la plaquette, avala un comprimé avec un tout petit verre d'eau.

– Tout va bien ?, demanda Pamela au bout de quelques minutes.

Edmond répondit, depuis la salle de bains, d'une voix lointaine.

– Oui, ça va… Et toi, tu ne t'ennuies pas ?

– Oh non, je suis dans un conte de fées.

Et elle avait l'air sincère.

Edmond mûrissait son plan d'attaque, cajoler Pamela le temps que ce truc agisse, passer pour le gentleman de l'amour pour gagner quelques minutes.

Un comprimé de Viagra agit en une demi-heure, au moins, ce qui ne m'arrange pas. Cinq minutes ça pouvait aller, on pouvait meubler. Mais une demi-heure ! À ne rien faire, à attendre, comme le bus. Il y a de quoi s'endormir.

Quand Edmond sortit de la salle de bains, elle était allongée sur le dos, la tête surélevée par l'oreiller. Il lui toucha tout le corps, scolairement. Il y avait une Pamela nue, offerte, et il ne savait pas quoi en faire. Sa main effleurait le ventre, le haut des cuisses. Il posa grossièrement sa patte sur la région pubienne, espérant couvrir une zone de recherche assez large pour repérer une carlingue de plaisir qui devait bien flotter quelque part. Au même moment, dans l'émission de télé, un nouveau candidat tentait sa chance. Edmond demanda les règles à Pamela, et au bout de quelques minutes il ne s'occupait plus de son corps. Tous deux suivaient attentivement l'émission, donnant raison à tous ceux qui disent qu'aimer, ce n'est pas se regarder l'un l'autre, c'est regarder ensemble dans la même direction. De temps en temps, Pamela donnait la bonne réponse avant le candidat. Je devrais vraiment participer, glissait-elle.

Après de longues minutes, deux autres candidats et trois coupures publicitaires, Edmond sentit le Viagra qui agissait. Il enfila un préservatif à la va-vite et fondit sur Pamela comme un faucon pèlerin. Mais quelques secondes plus tard, c'était déjà fini.

Edmond baissa les yeux, encombré d'un préservatif dont il voulait se débarrasser.

– Ne t'en fais pas, lança sobrement Pamela.

Elle souriait. Elle réajusta son soutien-gorge blanc crème. Edmond la trouva belle, avec cette lingerie assortie, quand Virginia, que tout le monde à New York trouvait si élégante, fraîche comme une rose, ne prenait jamais la peine d'assortir le haut avec le bas.

– Je peux utiliser ta salle de bains ?

Se prenant pour le dernier des tocards, croyant l'avoir déçue, Edmond était loin de soupçonner que, dans son agenda à la date d'aujourd'hui, Pamela avait écrit « rencontrer quelqu'un de bien à Las Vegas », qu'elle était aux anges de l'avoir rencontré, mais aussi salement triste de devoir retourner à la chambre toute simple de son motel des faubourgs, partager un lit avec Barbara, qui passerait la nuit à ruminer on ne sait quel gros malheur. En attendant, elle se recoiffait devant le grand miroir au-dessus du lavabo au robinet d'or.

– En tout cas ta chambre est très bien. Ta salle de bains est gigantesque.

Edmond pensa lui proposer de rester dormir. Elle aurait dormi nue, au matin il lui aurait préparé un café avec la bouilloire avant de se rendre tous les deux au buffet, au rez-de-chaussée, où il lui aurait raconté ses rêves et elle aurait trouvé des explications ésotériques qu'il aurait jugées stupides, mais arrangeantes. En remontant, ils se seraient douchés et elle aurait lavé ses cuisses avec les échantillons de luxe de l'hôtel dont Virginia n'aurait pas voulu de toute façon. Mais pour l'heure, il se sentait tellement honteux qu'il ne voulait voir personne, et encore moins le témoin tout frais de sa fragilité. Il essaya de nouer le préservatif.

La scène de sexe avait été de courte durée, intercalée entre deux moments bien plus longs où un des deux protagonistes s'était enfermé dans les toilettes pendant que l'autre patientait au salon : car après Edmond qui avait utilisé un artifice pour parvenir à ses fins, c'était au tour de Pamela de recourir à la ruse pour rester dans cette chambre le plus longtemps possible. Pour cela, elle s'enferma simplement dans la salle de bains en attendant qu'Edmond, mis devant le fait accompli, considère la chose et se prépare à cette idée.

Pamela rêvait de trouver quelqu'un de gentil. Elle avait rencontré Edmond, maladroit mais respectueux, en plus c'était un homme assez riche pour dormir au Bellagio... Mais elle ne voulait pas qu'il soit riche simplement pour l'argent qu'il aurait dépensé pour elle, mais pour le confort et le repos que l'argent assurait. Parce que la vie de Pamela était remplie de désordres et d'intranquillités. Elle aurait pu s'assoupir en toute quiétude, heureuse, en mettant un Sleep 60 sur la grande TV de la chambre supérieure, s'endormant avec la douce lumière bleue; c'est ce qu'elle espérait quand elle s'était enfermée dans les toilettes.

Assise sur le rebord de la baignoire, elle admirait le luxe de l'endroit, puis elle saisit son portable, mit l'appareil en silencieux, prit des photos pour se souvenir de cette nuit. Elle alla sur booking.com pour connaître le prix d'une nuit. Puis sur le site du Bellagio pour regarder le menu en PDF, histoire de s'avancer, si jamais elle passait la nuit sur place et si Edmond lui proposait de prendre le petit-déj en room service, elle ne voulait pas avoir l'air idiote et commanda mentalement un jus d'orange, sans pulpe SVP, deux croissants français, un yaourt à la vanille sans gluten qui avait l'air appétissant et une toute petite bouteille de champagne, si c'était pas trop abuser. Non, non, lui disait son Edmond dans sa rêverie. Elle garderait ensuite la minibouteille de champagne comme un souvenir pour la vie, elle la poserait sur le meuble TV, chez elle, à Nashville. Oui, elle avait bien vu qu'il portait une alliance. Oui, ce n'était pas terrible. Mais pas indéfendable non plus. Surtout à Las Vegas. Une jolie parenthèse.

Edmond ne savait pas quel sort réserver à ce préservatif. Sûrement pas le mettre dans les toilettes, ça les boucherait. Pas à la poubelle, il pensait déjà à la réaction de la femme de ménage du lendemain matin, qui aurait sûrement un mouvement de dégoût en la vidant, même si, quand même, à Las Vegas, elle devait en voir bien d'autres. Et puis il regarda ce préservatif usagé, mais usagé sans avoir vraiment servi, usagé de ne pas avoir servi. Il voulait le congédier comme il voulait congédier Pamela. Simplement, il n'allait pas partir par la porte tout seul. Il pensa le jeter par la fenêtre, l'imagina tomber dans un des buissons en contrebas, dans la grande allée. Il entrebâilla la fenêtre, rapprocha le fauteuil, sur lequel il monta, se tenant debout. D'un geste vigoureux il le lança par la fenêtre. Emporté par son élan, il se cogna contre le cadre de la fenêtre, et le préservatif tomba lamentablement pour une destination inconnue, quelques mètres plus bas. Il referma la fenêtre, redescendit de son échafaudage de fortune.

Il alla s'allonger, attendant encore et encore que Pamela sorte enfin de la salle de bains.

Il repensa au Viagra et se dit que son érection était elle-même très vegassienne, que le Viagra avait toute sa place ici, sur le Strip, une érection contrefaite, réinventée. Il avait beau se dire que pour lui, c'était différent, que là, c'était médical, il savait pertinemment que c'était pareil que les seins refaits, que le faux Opéra de Paris, que le volcan en carton. Tout comme il pensa qu'il était un peu comme tout le monde ici. Ou là-bas. Ou comme tout le monde partout. Un faussaire. Un soldat du kitsch.

Entre-temps, le préservatif avait atterri sur un rebord du quinzième étage, plongeant dans une extrême perplexité les occupants de la chambre 1522 et occasionnant un commentaire des plus étranges sur Tripadvisor :

Belle chambre au quinzième étage. La piscine est propre, mais nous avons vu des enfants courir et le règlement l'interdit. Le casino était trop bruyant, mais les restaurants sont sublimissimes… Nous avons mangé au buffet matin, midi et soir et on peut dire que ça vaut son prix, même si cela manque de variété, à force. Trop dommage qu'on ne puisse pas avoir de doggy bag. Les jardins sont très agréables, mais quand même certains clients de l'hôtel (ou non ?) se font trop remarquer. On se sent plutôt en sécurité, même s'il est un peu excentré par rapport au reste du Strip. En revanche, un matin, nous avons trouvé un préservatif usagé sur le rebord de la fenêtre. Nous ne savons pas du tout comment il est arrivé là, nous avons signalé le problème à la direction, qui nous a dit ne pas comprendre non plus. Le problème est que, comme la fenêtre ne s'ouvre pas vraiment, la femme de ménage ne peut même pas l'enlever de là où il est. Il a fallu plus de 24 heures pour s'en débarrasser. Nous aurions aimé un geste commercial de l'hôtel. Ils nous ont bien proposé de changer de chambre, mais celle-ci n'avait pas de vue sur le Strip alors nous sommes restés. Le minimum aurait été de nous offrir la nuit d'hôtel.

Réponse de l'hôte : *Madame, au nom de l'hôtel Bellagio je vous présente encore toutes mes excuses pour ce regrettable événement. Il nous a fallu du temps pour comprendre comment l'objet s'était retrouvé sur le rebord de la fenêtre. Le Bellagio met tout en œuvre pour que ses invités passent un moment inoubliable, il est plébiscité par ses fidèles clients, et nous espérons vous compter parmi eux à l'avenir.*

Pamela sortait des toilettes. Enfin, la porte s'entrouvrit, lentement, et les deux amants se retrouvèrent. C'est le moment de vérité, pensa Pamela. Il va me dire que je peux rester. Elle l'aimait bien, son New-Yorkais, il était si mignon, si gentil. Mais Edmond n'avait pas changé d'avis, et malgré les silences pesants qu'elle essayait d'installer pour le pousser à considérer la question, Pamela comprit que c'était peine perdue. Alors elle fit bonne contenance, et se réfugia derrière son amitié pour sa copine Barbara pour s'en sortir avec les honneurs.

– Barbara doit être dehors, encore, à s'énerver à cause de je ne sais pas quoi. Je vais aller la retrouver.

Elle marcha vers la sortie, très lentement. Edmond se tenait debout entre elle et la porte, et quand elle arriva à sa hauteur elle posa ses mains sur lui, l'embrassa. C'était un vrai baiser, baiser d'adieu, baiser d'éternité, de regrets éternels, qui dura de longues secondes, un solde de tout compte, un concentré des pensées de Pamela, un résumé silencieux des tourments d'Edmond. J'avais commencé par écrire platement « un baiser langoureux », mais je n'ai jamais trop su ce que ça voulait dire. C'était en tout cas un baiser qui voulait se démarquer de tous les autres, un baiser qui annulait tout le reste, Las Vegas, la vie quotidienne, la sienne à Nashville, la sienne à New York, un baiser comme avant une longue peine de prison, un baiser comme après une longue peine de prison, un baiser qu'on ne pourra jamais effacer, baiser qui galvanise et baiser qui protège, un baiser antidote, un baiser talisman.

Elle le quittait pour de bon, cette fois, promis, elle n'allait pas le déranger plus longtemps. Demain, elle serait encore au black jack du Luxor, si ça lui disait.

– Je ne reste que peu de temps en ville, lui dit Edmond.

Sur le seuil de la porte, elle remit ses salomés rouges sur ses pieds bronzés aux UV et quitta la chambre.

5.

Edmond passa les heures suivantes à regarder la ville. La nuit, tous les chats sont gris, et difficile de se dire que, autour, c'est le désert, sur des kilomètres et des kilomètres. Il était pressé de voir le jour se lever pour être sûr d'être ici, entouré par le désert, il avait l'impression que la ville, si peu réelle, si folle, pouvait se déplacer dans la nuit, et il n'aurait pas été étonné si le matin avait révélé un paysage de toundra, une forêt tropicale ou un champ de coton. Pas sûr de ce qui lui arrivait. I got lucky in Las Vegas. Il ne savait pas du tout que penser de cette soirée, s'il avait été chanceux ou non, et laissa infuser toutes ses impressions dans l'obscurité du paysage nocturne. Il se reprochait d'avoir mis Pamela dehors. La honte de son impuissance, la culpabilité d'avoir trompé Virginia l'avaient poussé à réagir en vitesse. À présent, il se disait qu'il aurait bien collé son corps au sien, dans ce très grand lit, sans sexe, sans arrière-pensées, sans aucun calcul. Il était à peu près 8 heures à New York, chez lui. Il pourrait parler à Gini, à ses enfants. Montrer qu'il pense à eux. Jouer au père idéal.

Gini ? C'est moi... Oh rien de spécial, je n'arrive pas à dormir... Je pense à vous, évidemment... Je me suis dit, je vais l'appeler, pourquoi pas... Ça fera une surprise sympa... Non, je n'ai pas vu Percy, encore, il est très occupé... Oui, je dois le voir tout à l'heure... Enfin, demain, quoi. Ça dépend... De si j'arrive à dormir un peu ou pas... Oh non, on n'entend pas les voisins, c'est pas ça... Tu me connais, le voyage... Le changement. Il m'en faut peu pour être chamboulé... Si, si, j'ai joué un peu, je me suis baladé... J'ai pris des M&M's pour la petite, oui... Oui, j'y suis passé... Non, c'est pire... C'-EST-PIRE, écoute. Mais il n'y a pas que New York, hein, ils font ça avec n'importe quoi... Oui. Oui. C'est hallucinant... Paris, Venise. Ils te transforment n'importe quoi en centre commercial... En distraction... En fait c'est simple, dis-toi que chaque hôtel a la taille d'un terminal d'aéroport, que dans chacun de ces terminaux il y a des tonnes de magasins et de restaurants, le tout sous des lumières aveuglantes. Sans compter que c'est impossible de trouver la sortie, tu suis les panneaux, tu en as pour une demi-heure. À plusieurs reprises je me suis demandé si j'avais vraiment quitté l'aéroport... Mais enfin, c'est Vegas, c'est comme ça. Pour juste un week-end, ça devrait aller. Mais vivre ici, quelle horreur, et tout ce faux, toute cette poudre aux yeux, faut vraiment être gogo pour se laisser prendre.

Comment ?... Oui, alors, je te laisse, je ne vais pas vous mettre en retard. Et puis de toute façon je vais m'endormir dans quelques secondes, je le sens. Embrasse les enfants... Oui, moi aussi. On se voit très vite. Je t'aime.

Une utopie qui ne dit pas son nom, ai-je écrit plus haut. Car Las Vegas est le lieu de la fin de l'histoire, si l'on en croit la philosophie. Après la chute du mur de Berlin a commencé le triomphe de la démocratie libérale. Alors que Berlin symbolisait, cœur de la guerre froide, un monde bipolarisé entre deux modes de vie, Las Vegas représente l'Occident dans sa victoire éclatante et surtout écœurante, trop riche, trop grasse, trop repue d'elle-même. Vegas is the new Berlin. Vegas est le monde en tout petit. Vegas est la boule à neige que l'Occident post-guerre froide agite fiévreusement. Vegas est bien cette oasis d'horreur dans un désert d'ennui : avoir peur, avoir mal, c'est au moins se sentir vivant.

Vegas n'est pas si grave. Le jeu, la luxure, la gourmandise, l'alcool sont des petits excès qu'on se permet, qu'on se pardonne, jusqu'à la prochaine fois et jusqu'au jour où on sera quelqu'un de meilleur. Il faut bien vivre, comme disent les gens qui cherchent tant bien que mal à s'exonérer de leur culpabilité.

En définitive, la fin de l'histoire, c'est surtout le début de la liberté. Au sens philosophique. Au sens pénible, quoi. Mais laissons Edmond dormir : il a choisi la pilule bleue.

TRAQUENARD À PENMARC'H

> « Trois toiles au musée d'Amsterdam, une au musée de Paris, et je suis là à repeindre des chaises. Eh bien, je dis : c'est mieux ! *(Désignant la chaise.)* Le voilà, l'art abstrait ! Le vrai. Les autres, il leur faut encore une toile. Moi, je la supprime. »
>
> Félicien Marceau, *Les Cailloux*

Mon éditeur veut que j'écrive un polar. Un roman policier classique, avec une enquête à tiroirs. Il m'a fait comprendre cela il y a deux mois, parlant de quelque chose de *simple*, qui se vendrait *facile*, et qui surtout éviterait à la maison un nouveau scandale et une mauvaise publicité. J'ai écrit trois livres. Le premier s'est bien vendu. Le deuxième encore mieux. Au troisième, les choses se sont corsées, c'est vrai. Et la polémique qui a suivi la parution a rendu mon nom sulfureux, politiquement incorrect. J'ai même eu droit à *nauséabond*, c'est vous dire.

Mon premier roman, *Ainsi soit-il*, raconte la vie d'une jeune Afghane trouvant l'asile en France puis violée au sein de sa famille d'accueil, des cultivateurs du Val de Loire. Une histoire sordide et authentique. Le sujet était assez évocateur sans que j'y fasse grand-chose. J'ai gardé les éléments qui m'arrangeaient, j'ai inventé certains personnages qui permettent de faire avancer le récit, des détails, des événements pour arriver où je voulais, littérairement parlant.

Pour de nombreux médias, c'était une lecture édifiante. Les associations citaient mon ouvrage en référence, pour mieux évoquer le destin qui attend les jeunes filles innocentes qui croient trouver une terre d'accueil et pénètrent dans une France Barbe-Bleue, individualiste, sexiste et raciste.

C'était le roman choc du mois de février. On m'invitait.

L'année suivante, j'ai écrit un roman tout à fait classique, une fantaisie assez brève qui m'a pris peu de temps. Les médias me demandaient est-ce un roman ou *plutôt une novella*, je leur disais d'appeler ça comme ils voulaient : je ne suis pas libraire. L'histoire d'un type qui vit dans un abri antiatomique qu'il a lui-même construit et aménagé dans le bon goût exquis des années 1950, vous voyez le genre, papier peint à fleurs et gros poste TV engoncé dans un meuble en bois, un type qui décide comme il s'emmerde d'adopter un enfant en tant que père célibataire (il se rend d'ailleurs à cette fin dans un pays d'Amérique centrale). Pourquoi pas, le sujet m'amusait, et l'enfant est devenu au fil de l'écriture un personnage vraiment intéressant. Je racontais les longues étapes administratives, la souffrance psychologique, les épreuves que traversait le gus dans ce processus d'adoption.

Mais ça tombait au bon moment, surtout. Les gens : vous voyez, les hommes célibataires aussi sont en désir d'enfant. Les gens défendaient tellement la PMA ou la GPA qu'ils considéraient qu'une éducation prévue pour se dérouler dans un abri antiatomique déconnecté, qui consiste à bouffer des ananas en conserve en regardant des DVD, n'était pas un si mauvais projet de vie que ça. Bref, j'eus du succès, encore, on me parlait d'une *novella coup de poing*. On m'invitait. On m'insultait, souvent. À la base, je ne voulais pas créer la sensation à tout prix. Et puis, surtout, assez vite, j'ai compris que les gens qui parlaient de mon livre ne parlaient pas de mon livre mais qu'ils parlaient d'eux ; ma fantaisie validait leurs thèses, ils prenaient les morceaux qui les intéressaient dans leurs argumentations, mais tout cela restait superficiel, antilittéraire. Politique, en somme. Un simple roman était devenu une histoire vraie, une expérience concluante, les gens aimaient mon récit non en tant que récit mais en tant que preuve. J'en ai eu marre d'avoir les progressistes de mon côté, alors, par goût de la provoc, j'ai écrit un troisième livre.

Sur la grand-route raconte le viol doublé du meurtre d'une jeune fille de 16 ans par un réfugié soudanais sur une route de campagne, en Auvergne, un mercredi après-midi. Une histoire sordide et authentique.

Où j'ai là encore ajouté pas mal de choses de mon cru, j'ai changé deux trois choses, j'ai mélangé aussi avec d'autres faits divers. Le type était venu du Soudan, avait traversé le Tchad, la Libye, la Méditerranée, avait atterri dans un foyer d'accueil, travaillait dans un garage et servait alors de trophée aux assos qui recueillaient les réfugiés. Je pense à cette photo où on le voit devant la préfecture, lors d'un sit-in, hagard. Autant vous dire que les fachos se frottaient les mains. Le sujet avait été dans tous les journaux. Mon livre était une sorte de récit minutieux des événements, de reconstitution des faits, et j'en avais rajouté pas mal dans le dégueu.

C'était le roman choc du mois de mai. On ne m'invitait plus.

Le livre, lui, ne se vendait pas si mal. La fachosphère en assurait la promo. Sur les chaînes de droite, c'était ambiance book club au café du commerce, *alors moi je veux bien qu'on appelle ça un fait divers, mais si on additionne fait divers + fait divers + fait divers, au bout du compte, on arrive à un fait de société*. Les associations vilipendaient un roman somme toute assez honnête, sous prétexte qu'il jetait l'opprobre et le doute sur toute une communauté *qui fait tout pour se faire accepter* et qui se passerait bien de *cet épiphénomène qui pousse à l'amalgame* et qui nous ramène *à des heures sombres de notre histoire*. Je sentais le soufre. Je recevais du courrier de gens de bonne volonté, qui me demandaient, en gros : « Pourquoi vous n'écrivez pas plutôt sur la dure réalité d'une famille subsaharienne qui émarge à 800 euros mensuels pour faire vivre sept personnes dans un immeuble en ruine de grande banlieue ? » Je voulais leur répondre : « Parce que ça m'obligerait à ne plus raconter de conneries », ou « parce que ça demanderait beaucoup de travail ». Mais cela lèverait un trop gros tabou. Car l'écrivain ne travaille pas. L'écrivain s'amuse. L'écrivain se regarde écrire. Tout le reste, c'est de la sociologie.

« Pire que Houellebecq ». « Le retour des romanciers réacs ». On m'a associé à des types que je n'avais jamais rencontrés, à qui je n'avais jamais adressé la parole. Même ma maison d'édition s'est fendue d'un communiqué funambulesque pour souligner l'aspect romancé de mon travail et la nécessité de ne pas faire un amalgame. Là, les gens qui avaient encore de la salive ont entamé le deuxième volet avec un débat sur la vérité supérieure de l'art, sur l'écrivain engagé ou sur le roman à thèse. Tout ça me passait au-dessus. Je rêvais d'un hamac et de boules Quies.

Cela date de l'année dernière, mais les cendres sont encore chaudes. Un mois après qu'on a parlé de polar, nouveau rendez-vous avec mon éditeur, qui m'a clairement dit le fond de sa pensée, en me pressant de passer à autre chose.

– Alors, et maintenant… ? Tu vas continuer tes conneries, Rosenthal ?

– Non, je suis vacciné, lui ai-je garanti.

Par moments, c'est vrai, j'étais encore titillé par l'idée d'écrire un truc provoc qui me montrerait en promoteur de boxe, chauffant à blanc ses poulains; à ma droite, la droite; à ma gauche, la gauche. Avec l'envie folle de les regarder s'écharper en dégustant des nachos au fromage dans un seau en plastique.

Mon éditeur m'a alors empoigné (au sens propre) :

– Te fous pas de moi, hein, Rosenthal, il me dit. Finies les conneries. Je t'ai couvert l'année dernière, mais arrête de faire chier le monde, ponds-moi un best-seller bien normal.

Österreich est sans conteste la personne la plus vulgaire que je connaisse; des insanités à chaque phrase. Je n'ai jamais compris ce qu'était vraiment un charretier, mais Österreich s'en rapproche férocement. Ce qui est très curieux, c'est qu'il devient très poli, très feutré lors de n'importe quel événement public, parfaitement dans son rôle d'ambassadeur du bon goût.

– À ta place, je ferais profil bas, putain. Tu as bien vu ce que ça vaut, de se mêler des sujets sensibles. Tu veux vraiment être ce genre de trou du cul? Tu veux devenir ce mec-là?

– Quel mec?, je lui réponds, feignant de ne pas comprendre.

– Tu vois, j'ai toujours su que les écrivains étaient des sortes de pervers. J'en ai vu défiler, moi, des gratte-papier, des fouille-merde, qui se mêlent de ce qui les regarde pas. Moi, ça m'a fait gagner du fric, et tant que ça me permet de rien foutre en me grattant les couilles, je ferme ma gueule. Mais tu vas te cramer, tu comprends, oui ou merde? Sors de là, laisse ces fils de pute à leurs conneries. Écris des polars, bordel. Des trucs qui divertissent les gens.

Nous y voilà. Un polar. C'est étonnant pour quelqu'un qui a écrit sur des meurtres et des viols, mais je n'aime pas les polars. Parce que je n'aime pas l'idée de faire de la résolution d'un meurtre tout un roman. Et pas par principe : plutôt parce que c'est trop *facile*. Et parce que quelque chose en moi refuse de donner aux Français ce qu'ils réclament.

Le problème est que la France n'aime pas la lecture ; les livres, oui, on peut en parler, on dit *la lecture, c'est génial*, mais je suis bien placé pour dire que les livres ne se vendent pas. La moindre comédie potache avec José Garcia fait un million d'entrées, au minimum. Les romans sont loin du compte, même les énormes succès. Non, personne ne lit, et ce qui marche, ce dont on parle, ce sont les romans société, les romans faits divers, les témoignages, les tire-larmes. Il n'y a pas de vrai ou de faux écrivain. Il y a simplement des jugements de cour qui, selon le sujet d'un livre, pardonnent (ou non) à l'écrivain ce pur moment de narcissisme qu'est l'écriture. On pardonne donc facilement à celle qui a écrit sur l'accident de la route de ses deux gamins, fauchés par un conducteur bourré et sans permis. À celui qui a décrit sa détention pendant trois ans dans des caves humides du Nord-Est de la Syrie. À celle qui raconte douloureusement les abus divers dont elle a été victime. Mais cela reste du narcissisme.

Cela étant dit, c'est vrai qu'il devient urgent de dépassionner le débat ; *neutraliser mon nom*, m'a dit l'attachée de presse entre deux menthols. Österreich, puis elle, toutes ces personnes qui me disent ce que je dois écrire... Un peu de calme me ferait du bien. Mais, j'ai beau me dire ça, j'ai beau prendre des résolutions fortes, quand l'occasion de créer la polémique arrive, inexplicablement, je plonge dedans.

Je poursuis sur la métaphore du plongeur. Moi, je suis le type qui fait des plats, en général. Et pourtant, après toutes ces vautrades, ça ne m'empêche pas d'avoir toujours l'idée d'être ce nageur svelte et athlétique qui s'élance et exécute un mouvement harmonieux, limpide, éclatant, cette idée d'être une sorte de dieu dauphin à travers un cerceau sous les hourras du public. Ça m'a causé du tort, toute ma vie, ce goût de l'épate-bourgeois, mais je ne m'en débarrasse pas. Même cette idée de polar, je cherche comment transformer ça en coup d'éclat.

Österreich, qui me connaît bien, m'a dit :

– Fais simple, fais mécanique. Je t'explique, pour que ça rentre dans ta petite tête de conard : un corps, une enquête, un méchant qui a quand même ses raisons, et un flic dépressif. Tu lui mets dans les pattes une jolie nana. Tu lui trouves un truc qui le rend sympa et original, genre un animal exotique, un caracal, ou bien une occupation à la con, comme la céramique. Et ne fais pas ta tête de lard, hein. Ne parle pas d'un mec qui a frappé sa femme une fois au Nouvel An. Ça passera pas. Tu me fais des personnages avec des défauts, mais sans casier judiciaire. Ou bien un casier, ouais, OK, mais avec un truc qui fait rêver la petite bourgeoise, genre effraction dans un labo pour libérer des animaux maltraités, ou qui la fait marrer, genre des PV pour excès de lenteur sur l'autoroute, ça, c'est marrant, ça, c'est consensuel. T'as pigé ?

Quelqu'un meurt, qui l'a tué ? Le polar est là, de A à Z. Quel que soit le talent de l'auteur qui tire les ficelles. Et je n'ai jamais aimé les livres qui ne tiennent qu'à une révélation finale, ou plutôt à des quêtes d'indices, des minirévélations en fin de chapitre pour dénouer peu à peu le mystère, pour que le lecteur tourne la page, encore un chapitre, encore un chapitre, orienter le lecteur sur des fausses pistes. Ce soir-là j'ai pris un de mes vieux cahiers, j'ai tenté le coup, mais sans vraiment me mettre dans la peau d'un narrateur humble, il y a trop d'ironie dans ce que j'ai pu gribouiller :

Comme tous les mardis soir, Valérie était contemplative devant SuperChef, *son émission favorite qu'elle ne louperait pour rien au monde, se faisant un plateau-repas de soir de gala : un verre de valpolicella, un bol rempli de chips aux crevettes et des tartines grillées de Vache qui rit.*

Alors qu'elle dévorait des yeux les plats des candidats, un immense cri rauque se fit percevoir dans la nuit lugubre comme les neuf cercles de l'enfer, puis on entendit la porte de la chambre des enfants s'ouvrir dans un grand vacarme infernal, puis des pas lourds qui faisaient grincer le vieux parquet. C'était absolument terrifiant pour Valérie, qui tressaillit et envoya valser bien malgré elle le plateau et tout son contenu. Recroquevillée, elle était tétanisée devant le poste de télévision ; en effet, la chambre en question avait été laissée telle quelle depuis le décès des jumeaux, morts asphyxiés dans l'incendie du garage, un mardi soir, pendant qu'elle regardait SuperChef. *La porte avait depuis été condamnée, rien n'avait bougé, et ce serait ainsi pour toute l'éternité. Pourtant, ce soir, c'est bien du plancher de la chambre des jumeaux monozygotes que venait ce bruit qui glaçait le sang de Valérie jusqu'à ses tempes. Le doute n'était pas possible ni permis, il y avait bien quelqu'un là-haut.*

Pelotonnée dans le canapé, Valérie ne savait que faire, pantelante et essoufflée, ahanant de monosyllabiques réactions sibyllines, prostrée en boule comme un caniche.

Les pas se faisaient plus rares, comme les éléphants en Afrique. Puis la fenêtre grinça comme un crochet de boucher et Valérie entendit le vent s'engouffrer dans le couloir de l'étage. Le doute n'était pas envisageable ; le visiteur était reparti, par la même fenêtre. Mais qui ? Il n'y avait aucune raison de la tourmenter ainsi, pourquoi cette pièce, pourquoi ce soir, alors que cela faisait très exactement quatre mois que les jumeaux avaient disparu. Ça devait être une blague de très mauvais goût, pour lui faire peur. Oui, ça ne pouvait être que ça, un voisin, ou même plusieurs de ses voisins.

J'ajoutais, me prenant au jeu :

Valérie reprenait ses esprits, la télécommande et le cours de son émission SuperChef, *le plat que devaient réaliser les candidats était alléchant : jeune poulet à l'étouffée. Elle ramassa les tartines qui avaient atterri sur le tapis blanc comme un lave-linge. Par chance, elles étaient tombées du bon côté, et Valérie les dégusta avec souplesse. Tout pouvait recommencer, elle,* SuperChef *et son plateau-TV sur les genoux.*

Soudain, c'est la sonnerie de la porte d'entrée qui retentit ! Valérie sursauta, et le plateau aussi. Elle scrutait la porte blindée d'un œil examinateur, n'ayant aucune force dans ses cordes vocales pour articuler le moindre phonème. Elle se sentit abandonnée, alla se coucher sous la table basse, où elle retrouva d'ailleurs quelques miettes de Monster Munch qu'elle engloutit, comme dans un souvenir d'enfance. La sonnette recommença, mais c'était tout, aucun bruit, aucune demande. Elle se leva, rassemblant tout son courage, pour aller jusqu'au visiophone : sur l'écran, elle ne vit que le perron désert, et rien qui ne bougeait autour dans la nuit infrarouge. Qui se plaisait à la tourmenter de la sorte ? Elle se sentait menacée, comme les pandas en Chine.

Je me sens toujours bête avec un polar. Neuf fois sur dix, c'est très artificiel. Mal fait. Le masque tombe toujours de façon pathétique, grotesque. Je n'aime pas le grotesque.

Dans mes romans, le lecteur et moi sommes égaux. Ahmed A. a surgi d'un buisson, plaqué Marine L. par terre, l'a traînée jusqu'au vieux local SNCF délabré en la tirant par les cheveux, et après s'être introduit dans son vagin, l'a laissée pour morte. Une épingle à cheveux traîne par terre et va jouer par la suite un rôle déterminant dans l'enquête. C'est la capacité d'analyse et le style qui font l'écrivain. Pas les histoires dans lesquelles on donne une carotte au lecteur. Vous me direz, oui, mais il y a l'ambiance. La fameuse ambiance polar. Le voyage. Le plaisir de s'évader. On vend du rêve, des enquêtes sous les tropiques, des courses-poursuites, des avions qu'on attrape comme des taxis et pas ces low-cost où on attend trois heures dans une zone d'embarquement sans WiFi. Moi, je vends du rêve, mais dans l'horreur : pas besoin d'interviewer un médecin légiste pour être dans le vrai, il me suffit de parsemer des détails, de semer, dans les allées des paragraphes, des mots comme rupture de l'aorte, sténose du pylore, œdème de Berlin, ces mots que personne n'identifie mais qui font partie de la poésie médico-légale qui enivre le pays à travers toutes ces séries policières. Je n'ai jamais lu un rapport d'expertise. Je n'ai même jamais ouvert le *Larousse médical*, cadeau de je ne sais plus qui. Les gens lisent pour s'évader : on dit Singapour, Ushuaia, Tegucigalpa, mais la vérité c'est que ça paie encore plus d'écrire perforation de la rate, hématome sous-rénal, syndrome de Volkmann et nécrose de la hanche. Osons le dire : on raffole de s'évader dans l'horreur. Pas besoin de détailler, de comprendre de quoi on parle. Semez les mots, sans trop de travail, et les lecteurs sont des petits poucets qui trouveront toujours un chemin.

2.

Quelques jours plus tard, j'ai reçu un coup de téléphone d'Österreich. J'avais la flemme de lui parler, j'ai attendu son message sur le répondeur. Toujours avec son idée de polar. Il n'allait pas me lâcher.

– Écoute, Rosenthal, je crois en toi, putain. Si, si, vraiment. Mais si tu t'entêtes, il va falloir penser à changer de crèmerie. Tu m'écoutes, Ducon ?

Je n'avais pas trop le choix. Trouver un autre éditeur, avec mon pedigree, ça allait être coton. Et j'aime beaucoup trop écrire.

J'en vois trop dans les médias dire que l'écriture est essentielle, qu'ils ne peuvent pas vivre sans écrire un chapitre avant de se coucher, qu'ils n'ont jamais passé un jour sans écrire. Mais quelle bande de conards. Personne n'a besoin d'écrire. En revanche, on a tous besoin d'un boost de son ego, et l'écriture est un mode opératoire qui vaut largement l'injection intraveineuse. Moi, Rosenthal, 33 ans, drogué. Et je me dis que c'est cette addiction qui va m'amener à me prostituer en écrivant un polar.

Il a rappelé, et plutôt que d'entendre un message bourré d'éructations, j'ai fini par décrocher. On a parlé tranquillement, sans éclats de voix, sans grossièretés de sa part. C'est rare.

– Tu sais, Rosenthal, de toute façon, la grande littérature, c'est démodé...

Bon, il a tenu quelques secondes, et son naturel est revenu au galop.

– C'est les vieilles peaux, c'est les profs mal baisées qui lisent encore de la littérature. Regarde les meilleures ventes : du porno soft, du polar, du roman régional, de la santé. Il faut du polar, du documentaire, du compassionnel, du putain de terroir, tout ce qui parle vraiment à ces foutus acheteurs. Écoute : je suis en train de monter une collection de polars régionaux. Bretons, alsaciens, basques, le filon est prometteur. Je sais pas si t'as vu les chiffres, mais les éditeurs régionaux boulottent des parts de marché, c'est ces fils de pute là qui ont investi la lecture d'été sur la plage. Je te parle de types qui ont monté leur maison d'édition dans leur salon, des types à la retraite qui ont du temps devant eux, ils démarchent eux-mêmes les librairies, les hypermarchés, les bibliothèques. Mais tu m'écoutes, oui ou merde ?

J'écoutais, et j'en profitais pour ranger mon bureau. À côté du bloc-notes il y avait ce stylo qui ne marche plus depuis des années mais que je garde sans savoir pourquoi. De temps en temps, il fonctionne de nouveau, ça ne dure que quelques mots, et puis il se remet à ne plus fonctionner. J'ai aussi une agrafeuse, qui elle ne risque pas de marcher tant que je ne l'aurai pas rechargée. Que de choses en panne sur ce bureau. J'y vois un point commun avec ma carrière, ou plutôt avec mes ambitions, et l'analogie me fait sourire.

La conversation avec Österreich continuait :

– Un polar basque, tu prends la famille d'un mec qui était terroriste de l'ETA dans les années 1990, tu fais disparaître un membre éloigné, genre le neveu, et roule Pedro. Ou même un thriller alsacien, tu parles de la cathédrale de Strasbourg, des marchés de Noël et d'un rescapé du mont Sainte-Odile, tu sais l'accident d'avion, et hop, en voiture Simone !

– Et en voiture Cigogne, même.

Il ne m'a plus répondu, pendant une minute… En attendant j'écrivais ma liste de courses sur un Post-it violet et ça ressemblait à une poésie de la RATP. Puis je l'ai entendu reprendre son calme :

– Ta gueule, je te jure, ferme ta gueule. Ce que je veux dire, c'est que la petite histoire dans la grande histoire, ça marche à tous les coups. Regarde *Titanic*, toutes les pisseuses ont adoré. Regarde le film avec le volcan là, avec un nom à la mords-moi-le-nœud…

Alors que j'écrivais *cœurs de palmier*, je me disais qu'on n'avait jamais vu aussi proches Dany Boon et Leonardo DiCaprio. Pour Österreich, les choses étaient simples. Pour moi, les choses sont toujours plus compliquées. La vérité doit se trouver entre les deux.

3.

La semaine dernière, je suis passé dans une librairie : un ami dédicaçait son roman, les clients faisaient la queue en attendant la sacro-sainte dédicace. On a parlé, très brièvement.

Pourquoi les gens aiment-ils perdre leur temps pour un petit mot de la part d'un type qu'ils ne connaissent pas ? Le pire était la conversation pendant la table ronde autour du sujet du bouquin (les chrétiens d'Éthiopie). En réalité, très vite, la plupart abandonnent toute volonté d'élaborer un jugement esthétique sur ce qu'ils lisent. Parce que ce qu'ils préfèrent, c'est parler d'eux, dans le sens où ils se sentent appartenir à un petit cercle. Les gens n'aiment pas les livres. Les gens aiment simplement parler d'eux en se sentant intelligents, fréquenter des gens qui ont l'air intelligents… Quant à moi, et c'est mon droit, j'aime simplement écrire. Que ce soit dès le réveil sur mon portable, au bout de la nuit sur mon PC, j'adore me contempler, héroïque, escalader des chaînes de mots, des massifs de morphèmes.

En revenant de cette librairie, j'ai sorti mon PC du tiroir, passé une lingette dépoussiérante, et j'ai ouvert Word, nouveau document : *Amalgame à Amsterdam*.

Éléments clés à caser : des canaux, des vélos, du cannabis, des cybercafés fréquentés par des djihadistes sous surveillance, Anne Frank, des cargos, des docks la nuit, sans oublier un EVG qui tourne mal comme arc narratif indépendant mais qui permet d'aérer le récit.

Mais très vite ça me fatiguait. *Voulez-vous enregistrer les modifications que vous avez apportées à Document1 ?* Non merci. J'allais plutôt essayer d'écrire ce polar régional.

Et hier, chez moi : le soleil brillait, un vent léger faisait flotter les voilages, le temps parfait pour se regarder écrire. Assis sur ma chaise Ikea, les coudes sur la toile cirée, je me suis mis au travail, tout en me remémorant de vieux souvenirs d'un voyage en Bretagne. Et aussi et surtout de *La Joie de vivre*. Ça se déroule en Normandie, mais honnêtement, qu'est-ce qu'on en a à faire? Tant qu'on a des rochers et des pêcheurs...

Traquenard à Penmarc'h

Le soleil se levait sur le granite plurimillénaire endormi comme un vieux golem de pierre. Un crabe agile marchait en zigzag à travers les rochers malicieusement empilés par dame Nature. Les vagues, avec leur bave d'écume, s'abattaient sur un ancien lavoir en pierres où se rendaient jadis toutes les femmes de ce petit cap de la Bretagne occidentale, pendant que leurs maris pêchaient au large et au péril de leur existence. Aujourd'hui, le vieux lavoir de

Kerfeutenallec sert surtout pour les touristes de passage, armés de ces ridicules perches à selfie, qui ne manquent pas de prendre en photographie ce site authentique et pur pour alimenter les réseaux sociaux et récolter des likes ou autres j'aime.

Ce jour-là, un mardi, on ne voyait personne. Pourtant, il y avait bien quelqu'un. Eleonore Ridgewell, une Anglaise qui avait atterri ici trois ans auparavant. Son corps flottait comme un sac en plastique. Eleonore était défunte. Allongée maladroitement, elle flottait, nonchalamment ballottée entre les rochers érodés par le temps et par le sable. Sa pâleur cadavérique était manifeste et contrastait avec sa chevelure restée rutilante. Ses beaux yeux noirs étaient révulsés : le légiste allait d'ailleurs conclure à une crise tonico-clonique. Dans une posture de nymphe de la Renaissance, elle semblait admirer le ciel armoricain. Vêtue d'une simple chemise de nuit, elle ne portait aucune trace de coup, et son corps britannique n'était maculé d'aucune trace d'hémoglobine. Le sang sur le rocher à cinq mètres de là n'était pas le sien.

« AB négatif, c'est rare », a remarqué l'inspectrice Le Fur quand elle a reçu les analyses du laboratoire de Brest. Néanmoins, ce que l'inspectrice Le Fur ne comprenait pas, c'était l'avant-bras droit de la victime, sur lequel on pouvait lire très distinctement les lettres capitales d'un tatouage : « BZH ». Comment Eleonore était-elle morte ? Qui l'avait tuée ? Et de quand datait ce tatouage ? Mais alors que de multiples myriades de mystères macéraient parmi la mémoire méticuleuse de Marie Le Fur, la jeune inspectrice fut appelée par un brigadier :

– Marie, il y a quelqu'un pour toi, à l'accueil.

– Je suis occupée, là.

Le brigadier insista, frappant une nouvelle fois à la porte, à la manière d'un bélier dans un château fort du haut Moyen Âge :

– Mais qu'est-ce qu'il y a, à la fin ? Vous voyez pas que je bosse ?, hurla-t-elle, fulminante comme un dragon chinois ancestral.

– Pardon, Marie, mais il y a quelqu'un pour toi, à l'accueil, et ça m'a tout l'air d'une importance prépondérante.

Marie se radoucit, telle une bisque. Avec le brigadier, ils se connaissent excellemment, c'est Hervé, le fils des voisins du temps de sa verte enfance. Un peu plus jeune qu'elle, ils s'étaient toujours appréciés. Quand il l'avait vue arriver au commissariat, après toutes ces années qu'elle avait passées dans la Ville lumière, Hervé n'avait pas pensé à jouer la carte de l'amitié, tentant de rester professionnel et courtois. Et quand Marie était venue le saluer pendant son tour du propriétaire, il lui avait dit, timidement :

– Bonjour, madame l'inspectrice.

Et Marie de déclarer :

– Appelle-moi Marie, oh, Hervé !

Et Marie s'était mise à rire à dents que veux-tu, entraînant avec elle le rire de tout le commissariat. Mais ce n'était pas ce rire qui se moque, pas un rire de supériorité, non, c'était un rire de proximité, comme le commissariat. Hervé se mit à rire lui aussi, et les deux s'étaient tombés dans les bras. Depuis, c'était « Marie » et jamais « inspectrice ».

– Pour moi ?, demanda Marie. Et qui est ce mystérieux visiteur ?

– Je ne sais pas trop. Un type de Caen, dans le Calvados. Un flic, qui dit qu'il possède des infos capitales sur l'affaire Ridgewell.

– OK, je vais venir, marmonna Marie, avec l'air d'une spéléologue plongée dans ses interrogations.

Les coudes appuyés sur le bureau, Marie Le Fur regardait attentivement les photos du cadavre d'Eleonore en essayant d'avoir un déclic spirituel.

Quand il faut faire du cliché, je suis assez nul. Quand il s'agit de grande littérature, les gens sont prêts à se tordre les neurones pour trouver ça beau, ou en tout cas recherché, et mes romans ont pu faire illusion. Mais dans le genre cliché comme le roman de terroir, impossible de tricher, il y a une sorte de naïveté académique qui ne s'imite pas, ne s'achète pas. J'aimerais savoir pondre du cliché. Être moins snob, plus direct.

4.

Pas plus tard que ce matin, je me sentais pâteux, inutile. J'ai quand même testé les formules écrites dans ma caboche pendant la nuit, ramassis de souvenirs de téléfilms de France 3 et du Finistère tel qu'on le trouve dans le puzzle *La France en départements*. Ou alors c'est le magnet qu'ils donnent avec les cordons bleus, peut-être bien.

– Oh, mais il nous embête avec son biniou !, dit le père Quemener en claquant les volets bleus. Puis il alla se recoucher dans son vieux lit clos, qui trônait au milieu de la salle à manger, à côté de maquettes de chalutiers, d'affiches du Festival interceltique de Lorient et d'un grand gwenn ha du *fièrement punaisé au mur.*

Corentin, son fils, s'entraînait pour le concours de bagadoù de la communauté de communes qui avait lieu dans quinze jours au Triskell, le centre culturel. On le voyait de dos, face au vieux mur de pierres bâti par son arrière-arrière-arrière-grand-père, un rescapé de la guerre de 1870 où de valeureux Bretons perdirent la vie. Corentin tentait de donner de la puissance à son instrument, dont le son sourd et sirupeux serpentait dans la propriété familiale comme une trompette biblique. On aurait dit les murs de Jéricho qui tremblaient.

– Ne l'embête pas, dit Yvonne, sa mère, qui préparait des crêpes dans la vieille cuisine. Tu sais qu'il a besoin de travailler. Tu nous embêtes bien avec ton vieux bateau.

Le vieux Quemener sortit du lit clos, s'approcha de son épouse et vociféra. Il était légèrement intimidant sans même s'en rendre compte, tant son enveloppe corporelle massive pouvait couvrir le soleil (quand il y en avait). Yvonne prit si peur qu'elle en loupa sa galette de blé noir.

– Tant pis, dit-elle en jetant la pseudo-galette par la fenêtre, ce sera pour les goélands.

Définitivement réveillé, le vieux Quemener déboucha une bouteille de cidre fermier et se prépara une tartine de pâté Hénaff.

J'ai aussi écrit ça :

Il y a cinq ans, le terrible accident qui a conduit au naufrage du chalutier Armorica *(douze morts, dont un cousin du vieux Quemener) aurait pu être évité si le gardien du sémaphore avait bien fait son travail, du moins c'est ce que pense tout le monde, encore aujourd'hui. Mais la mort fait partie de la vie, chacun voit son heure finale arriver. Le gardien avait finalement été mis officiellement hors de cause, et ne se voyant pas rester dans sa commune natale, il partit s'établir aux îles Malouines, terre de Bretons. Quelques mois plus tard, le sémaphore fut mis en vente pour une bouchée de pain. Les Angliches, comme on disait, avaient acheté l'endroit cash, ça avait impressionné toute la ville. Ils se firent accepter très vite, leur sang entrant en résonance avec les veines des Finistériens, partageant ce même ADN celtique fait de rudesse et de générosité discrète, loin des grands tralalas méridionaux. Tout le monde les appréciait, même s'ils restaient assez discrets. On voyait souvent Eleonore se promener, sa belle crinière rousse enflammant la dune comme dans un tableau impressionniste.*

Je me dis qu'il faudrait aller en Bretagne. Je me demande aussi ce qui est le plus kitsch là-dedans : parler d'un port de pêche breton sans y avoir mis les pieds ? Ou bien s'inscrire dans cette démarche convenue de l'écrivain qui va puiser l'inspiration à la source, passer du temps dans la région pour s'imprégner, se taper l'Armorique à la paresseuse ? De toute façon, nous nageons en plein kitsch.

Un jour (quand j'aurai le temps), je dirai tout le mal que je pense du roman, je dirai tout le mal que le roman inflige à la littérature.

Un jour, je dépasserai le roman, je dépasserai l'Europe. J'annoncerai publiquement que j'arrête tout, et je me prouverai ma supériorité avec une activité aussi exigeante que dérisoire. Comme la céramique. Puis, pour ne pas perdre la main, je me remettrai à la poésie, comme quand j'étais jeune.

Et ensuite viendra le temps où j'écrirai tellement bien, tellement mieux que tous les autres que je n'écrirai même plus.

Je prendrai ma femme et mes gosses avec moi et je partirai loin, très loin.

J'irai dans l'Idaho.

Je cultiverai des patates rousses et je trairai mes vaches.

Je posséderai un pick-up capricieux dont je ne voudrais me débarrasser pour rien au monde.

Et parfois, quand je me sentirai un peu triste, je prendrai un stylo, et je ferai la seule chose qui m'intéresse : je me regarderai écrire.

QUIMPER, LA VILLE AUX 100 BRETZELS

> « Et puis je me suis dit que c'était comme ça, que je n'avais qu'à faire ce que j'avais décidé. Et c'est en réfléchissant un peu à ça encore que j'ai pensé fugitivement que je n'avais pas envie de retourner à la voiture, en fait, et que j'allais rester ici et me laisser pousser la barbe. »
>
> Christian Oster, *Rouler*

J'ai déboulé dans le rond-point de Ludugris en forçant la priorité. Normal. C'était un samedi matin, je n'avais pas grand-chose de prévu, je conduisais le Kangoo, le soleil brillait sur Quimper et je devais trouver un cadeau pour ma grand-mère, 104 ans et plus beaucoup de dents. Une voiture bleue m'a frôlé, j'ai fait un écart, la voiture s'est déportée et l'aile gauche est venue riper contre la rambarde. « Fils de pute », j'ai crié, même si c'était moi qui m'étais mal engagé dans le rond-point et que je cherchais à forcer le passage. Il avait une plaque 29. Sans doute un Brestois. J'ai redressé la barre, comme si de rien n'était, et, deux cents mètres plus loin, je prenais la petite bretelle qui mène au Total Access. Loin des pompes à essence, sur le côté, là où il y a déjà une petite forêt, j'inspectais les dégâts d'un œil faussement expert mais qui devait faire illusion pour les autres automobilistes, ah ce mec-là il doit s'y connaître en bagnoles. La rayure était nette, il fallait passer par la case répare. Et le problème, c'était que le Kangoo n'était pas à moi. Son propriétaire, Sylvain, était parti à Brest en le confiant à sa sœur, Laura, qui se trouve être ma copine ; vous savez tout.

Quimper est comme la Bavière de la Bretagne. Un truc à touristes où il fait bon vivre, une sorte de maison de poupée géante d'un goût discutable mais qu'on aime malgré tout, avec ces bols en faïence et tous les prénoms du monde écrits dessus façon Bonne Maman, des ruelles du centre-ville si étriquées qu'on a l'impression de marcher dans un grenier. Une ville guimauve, une carte postale permanente. La ville est proprette, on flâne le long de l'Odet, on passe sur les ponts piétons, on regarde les poissons. On n'a pas ce côté cool des Brestois, la drogue, le chômage, ce côté losers magnifiques qu'ils ont là-bas, dans le nord, des Bretons russes, un peu, quand les gens de Quimper sont des losers, tout court, sans ce mythe romantico-communiste qui plaît aux gauchistes ou aux étudiants (ce qui est à peu près la même chose). Cela ne rend pas les Quimpérois moins authentiques.

Ma grand-mère, par exemple, quimpéroise pur beurre demi-sel, une des doyennes de la ville. Une star, la preuve : les types de *Ouest-France* venaient ce jour-là pour la photographier à l'occasion de son anniversaire. Et ce matin-là, de mon côté, je m'étais rappelé ces moments d'enfance où elle nous abreuvait de gâteaux Filet Bleu, une biscuiterie à l'ancienne, du cru, Quimper, 1920. On y allait souvent car ils vendaient une misère les biscuits mal calibrés. J'avais pensé que lui offrir une belle boîte traditionnelle siglée Filet Bleu ferait bien pour l'article. Ah, vous avez un gentil petit-fils, madame.

La ville de Quimper possède plus de cent ronds-points, notamment celui de Ludugris, premier rond-point dit à l'anglaise de France, c'est-à-dire avec priorité à gauche. Cela donne l'impression générale de vivre dans un flipper, ballotté de bumpers en bumpers. J'ai toujours vu les ronds-points comme une école de la vie. Un anneau intimidant comme une piste de danse, comme une prise de parole en public, on se lance, on hésite, faut y aller, ça klaxonne derrière. Il y a une sorte d'accouchement social, on entre dans un rond-point comme dans le grand monde, et on en sort au terme d'une chorégraphie sociale dont la beauté dépend de ceux qui nous entourent. La vie, quoi.

L'idée est universelle : on serait un homme une fois qu'on a couché. Comme l'écrit Théophile Gautier (Tarbes, 43 944 habitants) : « Une maîtresse pour moi, c'est la robe virile pour un jeune Romain. » Moi, je me sens super viril à chaque fois que j'entre dans un rond-point. Notez, on retrouve l'idée de pénétration. Mais l'enjeu est tellement plus important. Dramatique. On conduit une carcasse d'une tonne (1 295 kilos pour le Kangoo II, en l'occurrence). Instinct de mort, instinct de vie, mélange des deux, « meurs et deviens », comme dit l'ami Goethe. Bien sûr, la plupart du temps un mec dira qu'il s'est senti « vraiment un homme » la fois où il a baisé. C'est comme l'euro, c'est une monnaie commune. Je pourrais parler de Mélanie. Elle sentait le *Nina Ricci* et la peinture fraîche (mais parce que je m'occupais de repeindre une maison, c'était au tout début de ma carrière de peintre en bâtiment). On s'amusait bien, c'était le mois de juin, elle était venue me rejoindre sur le chantier, on s'était servis de la douche des proprios. Mais il n'y avait pas cette idée de danger du rond-point. Ça ressemblait plutôt à ce qu'a écrit Stendhal (Grenoble, 160 843 habitants) : « Mon Dieu ! être heureux, être aimé, n'est-ce que ça ? » Que devient Mélanie aujourd'hui ? Sans doute égarée dans la ville, vendeuse chez Pimkie, assistante juridique avec son bureau dans un parc d'activités, conduisant une Modus ou une Audi, elle aussi prisonnière de notre atmosphère étriquée, préfecture de province où tout le monde se connaît sans se connaître.

J'ai conduit le Kangoo en direction d'un centre auto où, selon Google, ils ne faisaient pas trop n'importe quoi, avec une généreuse moyenne de 1,7/5. J'ai passé plusieurs ronds-points en m'insérant timidement. Chat échaudé.

Sur le parking du Monsieur Meuble, de l'autre côté de la route, j'ai cru reconnaître une fille qui était avec moi au collège. Accompagnée de sa mère. Elles se ressemblaient trop pour que ce soit involontaire. Je me suis demandé si c'était la fille, paumée, qui cherchait à imiter sa mère ou si c'était la mère qui refusait de vieillir et qui imitait sa fille. Ça arrive tout le temps, de croiser des gens qu'on pense reconnaître. *Fun fact*, Quimper signifie « confluent ». C'est déjà l'idée de réunir. Mais c'était peut-être pas la peine de se donner autant de mal et de construire plus de cent ronds-points et plus de vingt-quatre ponts. Quimper vue par images satellites, c'est comme une boîte de bretzels.

Le centre auto ressemblait à tous ceux de France et de Bretagne : une machine à café, trois chaises contre le mur, un fax sur un comptoir. Le temps s'était couvert. À travers la grande baie vitrée, au loin dans le brouillard, je distinguais les flèches de la cathédrale Saint-Corentin, centrale, et entre elles deux la statue du roi Gradlon qui veille sur la ville, qui protège la Cornouaille, et qui me rappelle toujours que, il y a très longtemps, des étrangers du Nord sont arrivés, ont fondé la Cornouaille et que si je n'ai jamais su où j'allais, au moins je sais d'où je viens, ça fait très phrase de rappeur ou phrase de calendrier perpétuel de ma grand-mère (mais ça m'apaise). Après quelques minutes à regarder des posters et des murs remplis de punaises multicolores mais rien d'accroché en dessous, on s'occupait enfin de mon cas. Je discutais avec le garagiste pour le devis, il devait se dire ce gars-là il s'y connaît pas en bagnoles. Je prenais un air professionnel, je rechignais un peu, tant que ça, ah oui ?, vous êtes sûr ? On se regardait, debout, pour se jauger. Ça sentait l'huile moteur et l'arnaque à plein nez.

C'est votre outil de travail ?, m'a-t-il demandé. J'ai dit oui, mais il n'en savait rien. Bon, ça m'est déjà arrivé de transporter mes seaux et mes rouleaux, mais rarement. Sylvain craignait que je tache tout. De toute façon, je commençais à en avoir marre de peindre des baraques, ça ne datait pas de la veille. Avec Laura, on avait notre projet de food truck à cette époque. On était d'accord sur le truck, mais pas sur la food. Elle voulait vendre des crêpes. Je trouvais ça stupide. Je voulais vendre de la choucroute. C'est encore plus stupide, me disait Laura. N'empêche, j'y avais réfléchi : pour la bouffe, c'est simple, on annonçait aux clients une choucroute bio, la choucroute de Cornouaille. Du porc bio local, du chou bio local. Des saucisses Hénaff, de l'andouille de Guémené, on reste en famille. Des grandes cuves dans un petit utilitaire, on se pose sur les marchés, les sites touristiques, livraison aux familles, aux entreprises, aux chantiers. Avec une marge énorme sur les rieslings, la bière bretonne et locale et blablabla. C'était pas l'idée du siècle, d'accord. Mais elle était assez bonne pour organiser un truc qui aurait tourné gentiment.

Depuis quelques mois, j'empruntais le Kangoo à Sylvain. Trois semaines qu'on ne le lui avait pas rendu, qu'il dormait dans la rue, paisiblement, comme une vache. Il était à Brest, nous à Quimper, on en profitait. Les Kangoo, c'est très pratique pour transporter des petits trucs ou des chiens. Bon, on n'avait pas de chien, mais on aurait pu. Même plusieurs ; le Kangoo II, c'est seulement 3,83 mètres avec un coffre de 660 litres.

Dans le centre auto, je repoussais le moment pour lui annoncer la nouvelle, il s'agissait quand même de sa caisse. Je me suis éloigné de quelques mètres, mon téléphone en main. Le parking du Monsieur Meuble était rempli, les portières claquaient, une Laguna klaxonnait, un camion bloquait le passage.

– Allô, Sylvain ?

– Ouais ?

– Y a un souci avec la caisse.

– Y a un souci avec la caisse ? Quel genre ?

– Rayure. Éraflure sur toute l'aile gauche, lui ai-je raconté, comme si on était des flics avec un macchabée sur les bras. Les portières ont pas mal morflé. Pas beau à voir, non, pas beau à voir.

– Ah merde. Bon, et toi, tu n'as rien ? Et t'es où, là ?

J'en savais rien. Je ne m'étais pas demandé si j'allais bien.

– Je suis dans un centre auto, sur la route de Bénodet. Écoute.

– Ah ça fait chier quand même.

J'ai senti que c'était le bon moment pour nous insérer, moi et ma proposition d'achat.

– Écoute-moi. C'est peut-être le moment de me la vendre. Je m'occupe de tout. Dis-moi ton prix.

– Mais comment je fais, si je veux me déplacer ?

– Je te donne 3 500.

– 3 500…

Il réfléchissait. En même temps c'était une bonne offre. Et puis, j'y avais déjà pensé, bien sûr, à ce prix. Ça ressemblait à une offre sérieuse.

– Et elle en pense quoi, Laura ? Tu sais, ma mère n'aime pas trop qu'elle conduise. Moi je veux bien te le vendre, le Kangoo. Et même combien, je m'en cogne. Ça me fait surtout chier par rapport à Laura.

– Je sais, je sais. Écoute, c'est à moi que tu le vends. À moi. Pas à elle.

On a continué à parler pendant quelques minutes mais je sentais que c'était bon. Je devenais proprio. D'une voiture, OK, mais c'était un début. Je me voyais rouler, la nuit, le jour, en hiver, au printemps, sur les routes de Corse, sur les Champs-Élysées, en Toscane, en Patagonie.

Le garagiste revenait à la charge avec un devis un peu moins douloureux.

– Écoutez, monsieur, je ne peux pas faire plus.

Ça restait cher. Et surtout, maintenant que ça allait être ma caisse, je ne tenais plus vraiment à la faire réparer. J'en ai profité pour bluffer. Non, désolé, mais c'est toujours trop cher ; le type n'a pas bougé d'un pouce, il m'a dit, bon, ben, si vous changez d'avis, le devis est valable un mois. J'ai tourné les talons, démarré ma propre voiture et récapitulé la liste des choses que j'avais à faire. Un, en parler à Laura. Et deux, trouver 3 500 euros.

On réparerait la carrosserie quand l'argent de la choucroute coulerait à flots. Si Sylvain me vendait le Kangoo, ça signifiait qu'il comptait rester à Brest et réaliser son projet de bar à jeux bretons. C'est un bon plan, m'avait-il expliqué avant son départ. Les étudiants, les lycéens, les touristes. En tout cas un bar à jeux bretons traditionnels a plus de chances à Brest qu'à Quimper. Trop de bruit, trop de vomi. Quimper ne se prête pas aux jeux. D'ailleurs, la ville ne figure pas dans le *Monopoly Bretagne* : on trouve Vannes, Brest, Lannion, etc., mais pas Quimper. Pas de Quimper, nada, oualou. *Griñsenn.* Ça veut dire « pas du tout » en breton.

Sur l'asphalte rutilant des ronds-points et des innombrables bretelles, je pensais à notre futur food truck. Laura en « salle », moi en « cuisine ». Laura plaisait aux clients. Belle comme un kouglof rhum-raisins. Très sexy avec un tablier. Quand elle nouait la ficelle rouge autour de sa taille avant de préparer des crêpes, elle prenait un air inspiré du genre allez, au boulot, il y avait de la farine qui flottait dans l'air, façon western. Perdu dans mes pensées, au hasard de la route, je lisais des pubs pour le Festival de Cornouaille, qui allait commencer quelques semaines plus tard. Si vous ne connaissez pas le Festival de

Cornouaille, c'est comme la Fête de la bière : sympa, familial et légèrement ringard. Pas le faste du FIL évidemment (pas les mêmes quantités de bière non plus).

Quand je suis arrivé à Troyalac'h (c'est le premier rond-point quand on quitte la N165 en venant de l'est), la biscuiterie était fermée. Et, plus curieux, le magasin semblait avoir disparu, mais l'usine n'avait pas bougé. Ça faisait bien quelques années que je n'étais pas venu. J'ai fouiné un peu jusqu'à trouver dans un recoin un groupe de salariés de l'usine qui fumaient une clope, tous dans leurs blouses maculées d'éclaboussures de pâte sablée, adossés à la tôle du bâtiment préfabriqué. En leur demandant où je pouvais acheter des biscuits pour ma grand-mère, j'ai appris que la boutique de l'usine était fermée depuis longtemps. Aujourd'hui, on n'assure plus que de la sous-traitance pour Intermarché. Mais alors, si je veux une belle boîte Filet Bleu d'époque ? Allez voir à Intermarché, peut-être au rayon des produits touristiques, ils vendent des jolies boîtes parfois.

Mais ça ne me disait rien. La nouvelle m'attristait, plus de boutique de vente directe où on pouvait acheter en vrac en grande quantité, Filet Bleu avalé par Intermarché comme par une baleine. Mais alors, les biscuits défectueux, vous en faites quoi du coup ? On les jette, m'a répondu un des types.

Au milieu de l'après-midi, j'ai continué ma route et j'ai roulé vers chez mes parents pour prendre le café (ça m'arrivait souvent, le samedi après-midi). Ils habitaient un quartier pavillonnaire dans les hauteurs, près d'une rue en pente féroce. Ma mère a passé la tête par la fenêtre.

– Ah mais tu es là ?

– Comme vous voyez.

– Dépêche-toi, on allait partir pour le rond-point.

En effet, ils avaient leurs pancartes, leur thermos, leur glacière, leurs gilets jaunes. Mes parents étaient gilets jaunes depuis l'acte 3. Ils adoraient dire qu'ils n'en avaient loupé aucun. Mais ils noyaient le poisson quand on leur demandait où ils étaient pendant les actes 1 et 2. Je crois qu'ils ne savaient pas encore à quel point ces rassemblements du samedi leur feraient du bien. À Quimper, les gens sont peu exubérants. Pas des gens de grande ville, pas des gens de port. Des gens policés, taiseux. Mon cousin de Paris trouve qu'on bouffe la dernière syllabe de chaque phrase comme si on avait honte de parler. Mon cousin de Paris, donc, un type qui a réussi, qui bosse à la Défense, aime aussi les grandes phrases. L'autre jour, enfin, cela fait plusieurs années maintenant, mais l'autre jour il m'a dit : « Un homme a besoin de conquérir. » Et il me raconta sur le ton de la confidence qu'il aurait bien aimé être un provincial, un plouc, avoir la dalle comme Rastignac (Balzac, Tours, 140 474 habitants), conquérir Paris, la France, le monde, tu vois, à Paris on est tous blasés, on a tout sous la main déjà, tu as de la chance, profites-en. De la chance, moi… Sorti des clichés romantiques, le parcours ici c'est, en gros, précarité étudiante à Rennes, chômage partiel, vie qui tourne en rond, retour à Quimper la queue entre les jambes. De la chance… Quand j'entends un Parisien dire à un provincial qu'il a de la chance, que la province c'est la vie la vraie, c'est comme le riche qui dit au pauvre, au fond, vous savez, l'argent, c'est pas ça qui compte vraiment.

– Et avec Laura, ça va ?, me demanda ma mère.

– Très bien.

En réalité ça dépendait des jours. Un jour, ça allait comme un bateau sur un canal, on passe des écluses, on sourit aux promeneurs, on profite du beau temps. Et un autre jour, ça allait comme un bateau ivre (Rimbaud, Charleville-Mézières, 47 433 habitants, mais dans mon cas les mots « bateau ivre » me font toujours penser au générique de *Santa Barbara*, 88 255 habitants : on voyage). La conversation avec mes parents n'a pas dépassé le stade des politesses et des informations, personne n'avait envie de casser l'ambiance, quelle expression, on casse l'ambiance comme de la porcelaine, ou de la faïence, restons local, mais à Quimper on n'aime pas les grandes scènes et la vaisselle cassée. On aime que les autres soient à l'aise, ou, en disant ça autrement, on a trop peur de déplaire pour balancer tout ce qu'on a sur la couenne (locale).

Après le café bu, mes parents se sont mis en route. Je les voyais s'éloigner, ils semblaient heureux pour leur grand moment de la semaine. Les gilets jaunes, en tout cas ceux-là, n'étaient pas des types méchants, ne cassaient rien, se réunissaient autour d'un réchaud et d'un rond-point, en balançant des phrases bateau comme « mon verre est vide, je le plains », ce genre de délire. Vu de Quimper, on est plus dans le social que dans l'économique. Une sorte d'association informelle, des gens qui avaient besoin de parler, de voir d'autres gens, et qui étaient trop pudiques, trop vieux ou trop au chômage longue durée pour aller vers les gens en temps normal.

J'appelai Laura. Oui, on se voit tout à l'heure, OK, on se retrouve avant de passer voir ma grand-mère. Quelle énergie quand elle parlait de son food truck de crêpes. « On achète une voiture genre break, on la décore, on range une table Gifi dedans, avec deux chaises, on va chez Promocash acheter des énormes pots de confiture, des sachets de 10 kilos de sucre et en voiture Simone. »

Je lui ai annoncé la nouvelle. Pour la voiture. Plus besoin d'acheter un break, bébé. En lui racontant aussi la mésaventure du rond-point. Sa réaction étonnante :

– Mais on va pouvoir aller en boîte ce soir ?

La boîte le samedi soir, c'est comme la messe du dimanche. On ne peut pas trop y échapper, on n'y va pas par obligation mais par habitude, on s'en fout de ce qui se passe à l'intérieur, et on papote devant l'entrée en échangeant les dernières infos. J'ai traîné une fois des gens de Paris là-dedans. Ils hallucinaient qu'on passe de la musique de fête de village en boîte de nuit et pas cette musique club, house, techno, dont le succès m'a toujours paru fou.

– C'est parfait en tout cas, pour la voiture, reprend Laura. Samedi prochain on commence, OK ? Samedi prochain ? OK ?

– Mais c'est ma voiture. OK ?

– Ah, alors ça veut dire que c'est toi qui paies tout ?

– Ça veut dire que quand ça se cassera la gueule tu reprendras tes tabourets et ton tablier. Et moi je reprendrai la caisse.

J'avais un peu de temps à tuer et l'envie de voir la mer. Je suis parti vers le sud, essayant ma propre voiture, enfin, sur des routes où je ne savais pas s'il fallait rouler à 80 ou à 90. Et dire que c'est cette connerie, pour 10 km/h, qui a en partie créé les gilets jaunes et qui a mis le feu aux ronds-points. Qu'est-ce qu'on écrira dans les livres d'histoire.

En roulant une petite demi-heure j'arrivais sur la côte du Pays bigouden, sur une dune solitaire, j'étais seul au monde, j'étais romantique, j'étais Chateaubriand (Saint-Malo, 48 328 habitants). Il y a beaucoup de bouts du monde, partout. En Normandie, en Galice, en Irlande, etc. Il y en a même beaucoup dans le seul Finistère. Mais celui-là, c'est le mien. C'est ce genre d'endroit où on respire franchement. À pleins poumons. Sans grumeaux, si vous voyez ce que je veux dire. Le genre de paysage qui me donne envie de prendre un chien. Laura n'aimait pas trop venir ici et j'avais l'impression de lui infliger une balade familiale, mais sans famille. Je me suis dit qu'on pouvait se poster là les dimanches après-midi, d'ailleurs, garer le food truck Kangoo et proposer une petite choucroute en barquette aux promeneurs, ça réchauffe, ils s'installent sur les jolis petits bancs, avec vue sur la mer, un kouglof en dessert.

Je lançais une branche imaginaire à un chien encore plus imaginaire. Je ressemblais à un personnage que personne ne voit dans un roman que personne ne lit. « Comme ce chien, mais sans branche ; comme cet homme seul, mais sans chien », écrit Echenoz (Orange, 29 103 habitants). J'ai toujours aimé l'idée d'échapper à mon microcosme, et surtout que ce soit aussi facile. Souvent je me dis que l'enfer est une sorte de galerie marchande désœuvrée remplie de gens du quartier, du passé, du lycée, avec certains visages qu'on veut ardemment revoir et d'autres qu'on veut absolument oublier. Et que Quimper est une sorte de pieuvre dont chaque rond-point est l'une de ses quelques centaines de ventouses, un réseau complexe, un système nerveux, un monstre biblique.

En fin d'après-midi, alors de retour en centre-ville, je m'étais senti obligé de passer par le rond-point occupé par mes parents. Ou peut-être que j'avais envie de m'arrêter. Souvent je me cache derrière la piété filiale pour masquer le besoin que j'ai de m'enlever ma liberté d'adulte. On m'a offert du café trop chaud. J'ai demandé un sucre, on m'en a mis trois. La vie parfaite, c'est des gens qui sont là quand on en a besoin. Et qui disparaissent quand on veut être seul. Une vie dans l'entre-deux. Une vie moyenne dans une ville moyenne. Il faut être honnête envers soi-même, il paraît. Je n'aborde pas cette vérité sous un angle éthique, mais sous un angle comptable ; parce que c'est avec soi qu'on passe le plus de temps, au sens horaire du terme. On est son propre covoitureur perpétuel, alors autant que ça se passe bien.

Le soir tombait mollement, quimpérois, et sur les quais les lampadaires lançaient leur lumière crue dans l'Odet comme les éboueurs balançaient les sacs-poubelle dans leur camion alors qu'ils bloquaient la rue. Enfin, je me garai sur le parking du Cinéville (le multiplexe, qui a l'avantage d'être dans le centre et de disposer, donc, d'un très grand parking payant mais que je ne paie jamais). Allez, tout n'était pas perdu pour ma grand-mère, je me disais que j'allais acheter des gâteaux à La Trinitaine…

On s'est retrouvés avec Laura devant l'église Saint-Mathieu. Elle me souriait et passa son bras autour du mien.

Elle s'arrêtait devant les boutiques, elle regardait tout, elle commentait tout. Certains jours je trouvais ça épuisant. D'autres jours je trouvais ça reposant. Là, c'était reposant. À quoi ça tient. À La Trinitaine, elle dévorait tout ce qui était gratuit, les brisures de galettes dans les assiettes tendues, les palets, les crêpes dentelle. Elle était très échantillons.

– Mais pourquoi tu ne veux pas qu'on fasse des crêpes?, m'a-t-elle dit une fois tous deux sortis du magasin, en se léchant les doigts comme Duchesse des *Aristochats*.

– Les crêpes m'énervent. Trop concurrentiel.

– Ah ça, c'est sûr qu'avec ta choucroute personne va venir nous concurrencer.

Dans une rue déserte, on est passés devant une boutique avec des carrousels de bols à prénom.

– Tu aimes bien quoi comme prénom, pour un enfant?, dit-elle en tournant le carrousel grippé qui couinait.

J'éludai. Nous avons marché encore quelques minutes en silence. Dans une vieille bâtisse au fond d'une allée anonyme, nous sommes entrés dans la maison de retraite de ma grand-mère, les biscuits dans un sac et le sac dans une main. Ma grand-mère ne bougeait pas, ne parlait pas, mais si si elle va bien, nous assurait-on. Tout le monde nous saluait. Les infirmières parlaient à ma grand-mère comme si elle était au fond d'un puits ou comme ces types qui sont restés coincés des mois dans une mine en Amérique du Sud. Ah, vous avez un gentil petit-fils, madame. J'arrivai trop tard pour la photo, les types de *Ouest-France* étaient déjà passés. Mais une infirmière a pris une photo de nous trois. Laura savait très bien prendre la pose. Elle avait un très beau sourire. Elle ajustait ses vêtements, arrangeait ses longs cheveux, posait les mains sur les hanches et je la regardais, et ça ressemblait alors à une bonne idée de continuer ma tambouille avec elle. Ensuite, Laura a décidé de nous prendre en photo, juste ma grand-mère et moi. On dit ouistiti ! Elle se moquait de moi, gentiment, parce que je n'ai jamais su sourire sur commande. Elle, elle savait. Avec ce sourire moqueur. *Grinsen*, en allemand. Un presque mot breton. Les coïncidences sont troublantes. Quimper est la Bavière de la Bretagne. Même si l'Allemagne ne ravive pas toujours que de bons souvenirs chez les Quimpérois. Parlez-en à Max Jacob (Quimper, 65 875 habitants).

SAISIE

> « Les enfants, — ajouta-t-elle avec une espèce de mépris, — sont bons pour les femmes malheureuses ! »
>
> Jules Barbey d'Aurevilly, *Le Bonheur dans le crime*

Quand le grand plat d'antipasti est repassé à ma hauteur, j'ai décliné. J'ai souri bêtement, et mon voisin de gauche a aussitôt transmis le plat à mon voisin de droite. Pour mon summer body, l'huile d'olive, non merci. Je devais me mettre sérieusement au boulot si je ne voulais pas repartir les mains vides. Alors j'attendais, je faisais la doucereuse, je pensais à ce pour quoi j'étais là : ma cinquantième saisie. Mal assise au beau milieu de cette table trop petite pour autant d'invités, les frissons commençaient à monter, j'avais la chair de poule, la gorge nouée, la totale. La table beige, rectangulaire, devait être prévue pour huit mais nous étions douze, ce qui avait le don de me mettre mal à l'aise. Parfois, il m'en faut très peu.

En face de moi, une table basse orange faussement rétro 70's avec un tourne-disque qui ne devait jamais fonctionner, une grande bibliothèque style colonial remplie de bouquins de cuisine et de développement personnel avec, derrière la vitre parfaitement propre, des titres comme *Arrêtez d'être une roue de secours*, *Ne soyez pas la brosse à dents des autres*, *Devenez un épervier*… J'adore les bouquins de développement personnel, il suffit de trouver une vague métaphore bidon et de dire que votre entourage vous bouffe le ciboulot.

Soudain, j'ai frissonné, un courant d'air arrivait depuis la cuisine, sûrement la maîtresse des lieux qui avait ouvert la fenêtre pour dissiper l'odeur de brûlé de son civet de chevreuil sauce grand veneur. Tu as froid, Léa ?, m'a demandé Pauline, qui elle a toujours froid et avait d'ailleurs sorti son carré Hermès, qui n'allait pas du tout à son teint pâle. Ma pauvre Pauline. Si tu savais.

Depuis quelque temps, environ un an avant ce fameux « dîner de la cinquantième » qui a tout déclenché, j'avais trop besoin de saisir un téléphone, n'importe lequel, de lire tout ce qu'il pouvait m'apprendre. J'avais commencé par hasard et j'ai continué par désœuvrement. Enfin, c'est devenu un hobby, comme le jardinage ou les brocantes. Fouiller des smartphones qui ne m'appartiennent pas. Mon terrain de chasse, c'est simplement les lieux où on trouve les gens cool, les gens avec une vie remplie, ou qui s'efforcent de la remplir. J'explore les salles de travail des bibliothèques (les étudiants qui papotent et qui ont une vie trépidante, truffée de bars, de soirées, de coups d'un soir, de coups de folie), j'arpente les terrasses des cafés, j'écume les soirées avec ces piles de manteaux froissés sur le grand lit d'une chambre vide.

Ce dîner se voulait mondain mais manquait de cachet, d'inspiration. Du chevreuil en mai, vraiment? Plus que la malbouffe, la téléréalité culinaire a fait beaucoup de torts aux saisons.

Derrière chaque plat, derrière chaque bibelot je pouvais deviner la journée misérable qu'avait passée la maîtresse de maison, à tout ranger, à faire les poussières. Les toilettes qui brillaient. La cafetière qui rayonnait, on ne sait jamais, avait-elle dû penser, il y a des originaux qui boivent du café à toute heure. Les chambres des enfants, au cas où, si quelqu'un veut rester dormir dans un lit superposé.

J'avais repéré ma cible. Elle avait une bonne trentaine, brune, gracile, l'air d'être ailleurs, perdue dans ses pensées. Elle mettait le dos de la main devant sa bouche quand elle souriait, ça lui donnait l'air d'avoir de belles histoires à cacher. Restait à savoir si elle allait poser son téléphone à un moment, sur la table ou sur un meuble. Il fallait que je me prépare à bondir sur ma proie. Je commençais à me laisser griser par les frissons, à baver, presque. Ça me fait souvent ça à l'approche d'une saisie.

D'un point de vue historique, cette soirée était donc la célébration de ma cinquantième saisie, en à peine un an. J'avais deux ou trois heures devant moi pour y parvenir, et je me voyais déjà sous ma couette, bien au chaud, m'endormant en lisant ses messages, en examinant ses photos, en inspectant son historique, me délectant de ses petits secrets comme d'appétissants calissons coupables. Quelles commandes Zalando ? Quels rendez-vous médicaux honteux sur Doctolib ? Quelles escapades romantiques sur son profil Airbnb ? Quels forums obscurs de croyances saugrenues ? Quelles passions inavouables, ou au moins ridicules ?

Le dîner s'éternisait. La maîtresse de maison posait tellement de questions que j'avais l'impression d'être un Irakien arrivant à la douane de New York. Elle tentait de rallumer le flambeau de la conversation, en lançant à la cantonade des questions bateau tout droit sorties de *Comment organiser un dîner pour les nuls*, que je devinais sur la plus haute étagère de la bibliothèque. Mais malgré toutes ses tentatives, cela ne prenait pas, les gens mangeaient (c'était d'ailleurs assez bon), et moi aussi je mangeais pour ne pas devoir participer à une discussion qui me consternait. Chacun regardait son assiette, l'ambiance déclinait, les blancs devenaient de plus en plus nombreux.

Du fond du gouffre mondain, la maîtresse de maison lança, fort, trop fort pour une si petite pièce, *alors, qu'avez-vous lu de beau ces temps-ci ?* Ou alors *qu'avez-vous lu de bon ?* Je ne sais plus trop, et c'est pourtant important. Un beau livre n'est pas un bon livre. Un beau livre, c'est une belle histoire, des conflits résolus, bon an mal an. Un bon livre, c'est quelque chose de solide, on met l'accent sur l'artisanat. La manière, la couture.

Je lui aurais bien répondu, mais je ne lisais plus de bouquins depuis quelque temps. J'ai baragouiné un truc dont on m'avait parlé au travail, une histoire de fakir dans une armoire ou je ne sais plus quoi, cela devait être à la mode. *Et tu as aimé?* J'ai dit oui, c'est toujours moins risqué; si vous dites non, on va vous demander de motiver votre réponse (ce qui n'arrive pas quand on dit oui). D'ailleurs, le lendemain de ce dîner, j'avais réalisé que je m'étais trompée sur le titre, légèrement (mais personne n'avait relevé).

La vérité, je ne pouvais pas la dire. Les lectures, j'ai toujours trouvé cela très personnel. Pourquoi dire aux gens ce qu'on lit. Est-ce que ça les regarde, seulement? Et puis maintenant que j'ai des lectures prohibées, c'est encore plus délicat. Je n'allais pas dire que j'avais trouvé mieux que les romans. Je n'allais pas raconter à toute l'assistance cette rencontre merveilleuse, c'était un mardi, c'était arrivé par hasard, dans le métro, à Bonne-Nouvelle, un portable brillant oublié sur un siège sale. En ouvrant le téléphone, en cherchant qui en était le propriétaire, son nom, son adresse, n'importe quoi qui m'aurait permis de l'identifier ou de le lui restituer, j'ai commencé à fouiller partout : toutes les applis, les notes, les messages, les réseaux, les brouillons, les coordonnées bancaires, les photos. Tout était ouvert, prêt à l'usage : le compte Amazon, le compte PayPal, j'aurais pu acheter ce que je voulais juste en modifiant l'adresse d'expédition. Mais ça ne m'intéressait pas. À notre époque de profusion, de discount, de streaming, de Tinder, j'avais entre les mains quelque chose qui ne s'achète pas.

Je lisais les conversations WhatsApp. C'était comme une étagère de bibliothèque où les livres s'appelaient Alice, Parents, Jean-Jacques, Fab, Paulo, Carla, Iron Man, Elena, Dr Machin, groupe Nouvel An, groupe Les Super Potes, etc.

Je parcourais l'historique Internet (ce filou utilisait deux navigateurs, Chrome et Firefox). Des traces de porno, des mots clés outranciers qui montraient un intérêt majeur pour les femmes sud-américaines sodomisées.

Je scrollais toutes les photos, par milliers. Certains visages qui sourient peu, d'autres qui sourient trop, des enfants, des amis. Les messages. Les brouillons des messages. Les e-mails qui ne sont pas partis, ceux qu'il avait craint d'envoyer. Et qu'on peut comparer avec le message qui est vraiment parti. C'est ce que je préfère, dans les saisies : comparer ce qui a été fait réellement avec ce qui a été esquissé mais abandonné, deux tableaux dont un seulement a été achevé. Avec les saisies, je vois bien que chacun est comme le faussaire de soi-même; on se façonne un visage dans notre coin, on écrit de beaux messages, mais dans tous les cas on tâtonne, on hésite, on se prend tout seul en photo (dingue, le nombre de selfies salle de bains que tous peuvent conserver dans leur galerie), et on en présente un autre à la société, qui nous ressemble comme deux gouttes d'eau. Texte ou image, ce qu'on envoie au monde n'est pas notre évidence : le vrai message, c'est celui qu'on a envoyé, mais c'est tout aussi bien celui qu'on n'a pas envoyé. Vertigineux. Saisissant.

À ce stade des révélations, je vous arrête ; je ne suis pas malade, pas méchante. Une voyeuse, oui, certainement. Une voleuse, assurément.

Car après cette saisie et quelques autres où je me suis fait les griffes, l'été est arrivé et j'ai moissonné sur les plages de la Côte, les terrasses, les bals populaires. C'est là, sous la tente, emmitouflée dans mon sac de couchage, que j'ai commencé un tableau statistique, sur Excel, avec plein de couleurs selon les smartphones : les modèles, les contenus, la valeur de la saisie, l'état d'avancement de mes fouilles archéologiques sur chaque item, etc. La base, quoi. Et les coques, aussi, parce que c'est mon péché mignon. Dès que je vois une coque nacrée, impossible de résister.

Les bals sont mon spot préféré, plus que les boîtes ou les bars branchés, parce qu'il y a une atmosphère plus sympa, on se sent plus en famille ; c'est convivial, je fais les sacoches avec un sourire honnête. Pour les types, c'est très simple. Je reste debout, toute seule, près de l'endroit où ça danse, je me mets à siroter mon verre de piquette en bougeant un peu mon corps malgré un mélange de boue et d'herbe fraîchement tondue sous mes semelles, je remue pour m'intégrer. Très vite, en général, un type un peu bourré m'invite à danser. Il sent la bière, je sens le pigeon. Je danse sans le laisser me toucher, même l'épaule, trois minutes trente, puis on s'arrête, et immanquablement il me dit en me montrant mon gobelet : « Je t'en paie un autre ? » On va sur une grande table en plastique bancale qui sent la friture, il pose son smartphone dessus, et il y a toujours une connaissance qui vient le saluer, qui le distrait ; là je fonds sur ma proie et je prends vite congé.

Cet été, donc, cela m'a complètement accaparée. Au camping, j'entendais des gens passer devant mon emplacement et dire « elle ne sort pas de sa tente, celle-là ». J'ai passé une tête dehors pour regarder qui c'était. Un petit jeune. Le soir même, je saisissais son tél pendant la soirée karaoké. *Fais comme si j'avais pris la mer…* Et là j'ai découvert qu'il avait pris des photos de moi à la piscine, sur mon transat. Et d'autres photos volées d'à peu près toutes les autres femmes du camping. Pervers. Oui, j'aurais pu le balancer, j'aurais pu l'afficher. Mais malgré mon envie, je ne pouvais pas. Il y a une éthique de la saisie, même si cela peut faire sourire. Il y a des règles, et ne jamais rien balancer est la pierre angulaire de ce code de l'honneur. Deux mille amis sur Facebook, ce petit con, quand même.

Soudain, au cours de ce fameux dîner mondain, alors qu'on attendait un plateau de fromages qui n'arrivait jamais, ma cible s'est levée. Elle est allée dans le couloir, je l'ai vue qui écrivait un message sur un iPhone récent avec une coque nacrée. Je vous l'ai dit : pour le nacré, je craque. Puis, deux ou trois minutes après, elle est revenue dans le salon avec son manteau enfilé à la va-vite et elle a dit je dois y aller. C'est normal, je comprends, a dit l'hôtesse, désabusée par son demi-fiasco bourgeois. Moi je ne comprenais pas ; tout ce que je savais, c'est que ma cinquantième fois ne se passait pas aussi bien que prévu.

Qu'à cela ne tienne, j'ai changé de cible, plus simple : un homme plus âgé, qui me regardait depuis le début, pas lourd, un peu intéressé. Mais moi, je n'étais pas intéressée, d'abord parce qu'il ne me plaisait pas, mais surtout parce que, tout simplement, j'étais en mission commandée. No zob in job. Je l'avais vu arriver en début de soirée, j'avais repéré son manteau bordeaux très épais (ces repérages sont devenus une habitude chez moi, ça facilite les saisies, qui sont d'ailleurs étonnamment assez faciles en hiver quand les gens sont bien couverts). Je suis passée dans la chambre en prétextant la recherche d'un Doliprane dans mon sac à main.

– Ah, mais Léa, j'en ai si tu veux, a dit Pauline.

Ma pauvre Pauline. Fous-moi la paix.

Dans le manteau du type, j'ai discerné une coque dorée. Mais moi, en tant que spécialiste, je peux vous l'affirmer : il ne faut pas juger un téléphone à sa coque. Des smartphones que je pensais sensass se sont révélés décevants, quand à l'inverse des saisies mornes, quasi robotiques, m'ont donné des papillons comme jamais. Je pense à ces notes rédigées à la va-vite au style flamboyant, cette folie d'Isabelle (saisie 14; date : 4/8; lieu : bar du camping), obsédée par la réussite de Manuela. Elle avait écrit, dans un SMS corrosif qui avait mis fin à leur conversation : « De toute façon, Manuela a toujours été un prénom de salope. » J'ai fouillé les entrailles de l'appareil pour connaître l'origine de cette rancœur. J'ai trouvé des photos de jeunesse dans un cloud non protégé, j'ai appris à découvrir deux amies perdues de vue, une Isabelle qui avait divorcé; les messages avec son ex-mari étaient froids, surtout informatifs, mais je sentais à la lecture qu'elle essayait encore de lui plaire, que sa froideur masquait mal l'attente d'un geste de sa part à lui, c'est humain (ce que semblaient confirmer des commandes de lingerie olé olé sur Aubade passées quelques heures seulement après les brefs coups de téléphone). Une Isabelle complètement dépendante aux cachetons et aux forums de bien-être (avec un historique plein à craquer de sophrologie, de médecines parallèles, des litanies de rendez-vous chez tous les charlatans de Chartres). Sans compter ces virements et ces mandats envoyés à quelqu'un qui s'avère être un marabout malien bien connu du nord de Paris.

Pour se distraire, Isabelle lisait du mommy porn (en témoignent les rappels de la bibliothèque par SMS ou par e-mail, elle n'avait jamais rendu l'exemplaire de *Juliette Society*, Sasha Grey, 312 p., ISBN 978-2-253-17739-5). Sans parler des notes de compte bancaire pour tenter de vivre avec un revenu famélique, de son projet de magasin de bijoux fantaisie et des demandes apitoyées à ses parents pour un pauvre billet de 50 euros. J'ai moi-même subvenu aux besoins d'Isabelle en lui versant anonymement 200 euros via PayPal, et une fois par mois je mets un point d'honneur à lui acheter incognito un collier dans sa boutique virtuelle. Depuis, elle m'appelle même sa cliente préférée quand elle m'expédie une commande, avec un petit cœur dessiné sur la facturette, si mal découpée qu'elle trahit le degré d'amateurisme de cette pauvre Isabelle. Mais évidemment c'est moi la méchante, hein.

Du monde est arrivé dans la chambre aux manteaux. J'ai dû annuler la saisie du type à la coque dorée. Ça tournait vinaigre. Au salon, les gens commençaient à danser et j'avais l'impression d'être une ethnologue observant des coutumes bien étranges. Pauline exécutait des pas maladroits mais enthousiastes. Ma pauvre Pauline. Tu es ridicule.

Le type au manteau bordeaux/coque dorée, Marc, est venu me proposer de danser, il a lancé sa main velue vers moi, comme une tarentule, j'ai dit non merci ; c'est une chorégraphie que je maîtrise, avec un petit sourire gêné, le même que pour les antipasti. La parfaite ingénue.

Mais il s'est rabattu sur Pauline, et ça m'a énervée.

Seule, assise dans le canapé noir, je perdais du temps sur mon portable (mon vrai portable) (j'ai une vie, quand même). Au milieu de tous, sans aucune honte, je complétais mon fichier Excel.

Mais il fallait que j'agisse. Donc d'un coup je me suis levée, avec une très très mauvaise idée mais j'étais un peu dépassée par les événements. Je me suis dirigée vers la chambre d'un pas décidé. J'ai trouvé le sac à main de Pauline. J'ai vu son portable. Ma pauvre Pauline, un portable avec des touches, en 2021 ? Je l'ai serré fort dans ma main droite. Je l'ai mis dans ma poche. J'ai mis mon manteau, j'ai pris congé de la dizaine d'invités restants qui m'ont regardée partir en vitesse. J'ai entendu Pauline : La pauvre Léa, elle n'a pas l'air dans son assiette. Dehors, j'ai respiré un grand coup.

Je m'en suis voulu d'avoir fait ça. Ça ne me ressemblait pas, cette précipitation, cette absence d'anticipation des risques autour. Tout ça pour découvrir que Pauline n'est pas le genre à avoir des petits secrets inavouables, à part qu'elle achète souvent des trucs de téléachat pour préparer des soupes ou des conneries de smoothies. Ou qu'elle a menti sur le prix du carré Hermès, mais, franchement, ma pauvre Pauline, qu'est-ce que j'en ai à foutre…

J'étais hors de moi. C'était ma cinquantième saisie et je venais de m'interdire de remettre les pieds là-bas sans qu'on me pose des questions sur le portable de

Pauline. Parce qu'on m'en parlerait, évidemment… « Mais si, tu sais, c'était l'autre soir, quand tu es partie comme une voleuse… »

2.

Après cette affaire tumultueuse de la cinquantième, j'ai décidé de m'accorder une pause bien méritée.

Je n'étais pas lassée, non. Simplement, vu que je ne me considérais pas comme une kleptomane, mais comme une passionnée, j'avais l'impression d'aller trop vite, que je lâchais la proie pour l'ombre : je multipliais les saisies et je n'en profitais pas pleinement, chaque saisie chassant la précédente. Il était temps de réfléchir à ma pratique. Qui trop embrasse mal étreint, répétait ma grand-mère à ma mère, qui s'est mariée quand même cinq fois (je parle de ma grand-mère ; ma mère, elle, ne s'est jamais mariée). À ce point-là de ma carrière, je voulais profiter de ce que j'avais déjà avant d'aller plus loin. Prendre le temps de compléter mon tableur. Fouiller plus profond les vieux smartphones que je rangeais dans toutes ces boîtes à chaussures, avant de lancer de nouveaux chantiers. Pour le dire autrement : j'arrêtais de zapper, et je plongeais dans ma vieille collec de DVD.

J'allais pas mal à cette période, j'étais détendue, je me promenais partout rive droite, rive gauche, piétonne de Paris, illuminée par les réverbères et goûtant des plaisirs simples. La beauté des arbres en automne. Le chic des devantures des boutiques de mode devant lesquelles on s'imagine plein de choses. La sympathie des flâneurs des boulevards. Ça allait si bien que je pensais sérieusement à m'arrêter. Arrêter tout, sans regret, sans envie d'aller trop loin. Avec l'envie de finir en apothéose, me disant un dernier puis après stop, comme dans tous ces films remplis de gangsters qui ne savent pas s'arrêter à temps. Et quand il m'arrivait d'être invitée chez des gens, à chaque fois que j'arrivais devant la porte de l'immeuble, avant d'appuyer sur l'interphone et de m'annoncer, je me voyais trembler, saliver, comme le loup de Tex Avery, mais je me contrôlais assez facilement, je rangeais mes canines, en me disant, sans me mettre trop de pression, que pendant cette soirée je me contenterais de passer un bon moment, sans saisie. Les jours étaient doux, calmes. Ma vie? Un lac.

Je n'ai jamais compris la question : « Quel livre emporteriez-vous sur une île déserte? », car je n'ai jamais assez aimé un livre pour en oublier tous les autres. Mais aujourd'hui je comprends mieux. Oui, car je ne sais pas quel téléphone de ma collection je choisirais si on me posait la question. J'en ai tellement... Celui de Daphné, j'imagine (saisie 35; date : 31/12; lieu : réveillon rue de Rome). Elle a le profil idéal, plein d'histoires, sa vie ressemble à une comédie romantique façon Netflix. Jeune adulte, fille qui sort tous les soirs, intelligente, cultivée, riche donc plein d'achats en ligne, plein de week-ends, plein de réseaux sociaux. Plein de connaissances aussi, avec des ex qui relancent, des admirateurs de tous âges, des brouilles entre copines, des messages nocturnes incendiaires auxquels succèdent des Canadair d'excuses et de fausses politesses (qui sont tout à fait délectables, du point de vue de la spectatrice que je suis). Une perle comme Daphné, c'est même plus que Netflix. C'est de la telenovela.

Ou celui de Jean-Claude (saisie 40 ; date : 14/2 ; lieu : table d'un bistro du XIe), avec ses ennuis financiers qui l'ont plongé dans la détresse. J'aime bien les histoires d'endettement : Cofidis, Cetelem, les membres éloignés de la famille qu'on relance pour les taxer par e-mail, les e-mails adressés à X pour demander l'adresse e-mail de Y, l'e-mail envoyé à Y dans la foulée pour une très vieille histoire de dette non réglée, les paris maladroits Betclic, Winamax, PMU, et tous ces improbables combats de boxe au Venezuela. Ces SMS honteux où on le voit venir à des kilomètres. Ces forums de tarés surendettés, où Jean-Claude s'invente une vie de boursicoteur qui réussit à contourner le système... Et son compte Twitter avec huit petits abonnés *vs* mille cent abonnements, c'est d'une tristesse...

Non, vraiment, cette pause post-cinquantième arrivait au bon moment. Elle était nécessaire avant que je sois blasée de tout. Car je vous décris tout ça sous un beau jour, mais il y a l'envers du décor, faut pas croire : la pêche est rarement miraculeuse. On ramasse dans ses filets des petits poissons, de la friture, de quoi croquer une ou deux bouchées de secrets, de sextos, de sites conspirationnistes, mais en général on s'essouffle très vite.

Pourquoi ne pas tout arrêter, bien sûr, la question se posait. Mais malgré ces butins de plus en plus maigres, je n'allais pas cesser : la vie intime des autres m'intéresse trop. Ces bêtises qu'on raconte sur la vie privée… « Avec Facebook, les réseaux, les caméras, les blogs, il n'y a plus de vie privée, blablabla… » Quelles idioties, je vous jure ; le privé, c'est ce qu'on ne montre pas aux autres, ce qu'on cache. Mais ce n'est pas ça qui m'intéresse. Je ne veux pas dévoiler un secret, ou découvrir un complot, ou bien rendre publiques des informations qui sont vouées à rester confidentielles. Non, ce qui m'intéresse, c'est l'intime, le rapport de soi à soi, dans le quotidien, la vie de tous les jours, comment on vit, comment on remplit sa journée pour échapper à soi-même : voilà, j'aime entrer dans les coulisses du cirque où chacun se représente, pour y voir comment telle personne se donne du mal pour exister au quotidien.

Alors, bien sûr c'est interdit, et je suis passée tout près d'être prise sur le fait deux ou trois fois. Ah pardon, c'est le tien ?, c'est fou, j'ai exactement le même. Et puis quoi, au pire, si je suis découverte… Que va-t-il se passer… Franchement, la police, j'y crois pas une seconde. Alors la justice, encore moins…

On pardonne tout aux filles comme moi. Un suivi psy, grand maximum, je leur dirais oui oui je regrette, je sais pas ce qu'il m'a pris, etc., etc. Je vais les balader comme des ours de cirque sous sédatif. Les rapports humains sont des terrains minés, mais je sais endormir les gens, je sais ne pas éveiller les soupçons, je sais danser entre les lignes des rayons infrarouges.

Non, une des raisons essentielles de cette pause, je n'ai pas encore abordé le sujet : c'était les sous. La procédure me coûtait. Pour déverrouiller un portable, ce qui est nécessaire la plupart du temps (environ 15 % des gens n'ont aucune protection), je fais appel à des compagnies spécialisées dans ce domaine : elles sont basées à l'étranger dans des États pas très démocratiques où, moyennant quelques euros, on vous fournit un code pour déverrouiller n'importe quel portable et le rendre parfaitement intraçable. N'importe lequel. À force, j'y ai laissé des sous, c'est sûr. Et le pire là-dedans, c'est que l'intérêt d'un smartphone saisi n'est pas du tout lié à son système de cryptage. Selon mes échantillons, il n'existe aucun rapport entre le niveau de protection et les données protégées. Parfois une petite porte en bois cache d'étincelants joyaux, parfois des kilomètres de grande muraille cachent un désert mesquin et vide de toute nourriture spirituelle.

Toujours est-il que j'ai dû me taper beaucoup d'heures sup pour poursuivre. Notez, en restant au travail à des heures tardives, on est plus tranquille pour les saisies auprès des collègues.

Tout allait magnifiquement bien, jusqu'à ce fameux soir. Attendue chez Hélène et Sébastien : après avoir gravi les escaliers jusqu'au cinquième étage, j'ai poussé la porte laissée entrouverte. L'assemblée était chic, vraiment. Bonne ambiance. Appartement classe. Style néo-industriel très étudié. La dolce vita. Et une petite heure après, Pauline est arrivée.

– On te voyait plus, Léa !, m'a dit Pauline. Je te présente Marc, je ne sais pas si vous vous connaissez.

Marc a répondu à ma place.

– Si si, on s'était vus, c'était même le soir où toi et moi, nous nous sommes rencontrés.

– Ah mais oui, c'est vrai, comment j'ai pu oublier ! Surtout avec toute cette histoire de portable !

Je reliais les wagons pendant que les deux dadais me rejouaient le film de leur rencontre : des gens qui dansent, Marc qui s'ennuie, Pauline qui cherche son téléphone et qui ne le trouve pas, Marc qui prend les choses en main, qui lui commande un Uber avec son compte, elle qui jure de le rembourser très vite, alors on se revoit, on commence par boire un café un midi, puis on se revoit un soir pour boire un verre, et après on boit un jus d'orange au petit matin.

Marc portait deux casques de moto. Ma bonne humeur s'est envolée d'un coup, comme une poussière. Une méchante rage s'est posée sur mon épaule, vieux perroquet alcoolique. Je n'arrêtais pas d'imaginer Pauline les cheveux qui dépassent du casque, souriante, heureuse comme les premiers chrétiens, quelques mèches blondasses chatouillées par son carré Hermès qui sort négligemment de son trench-coat, pendant que la grosse Goldwing dorée file sur le boulevard Beaumarchais au milieu de la nuit, avec ce grand con de Marc qui passe au feu orange et Pauline qui doit se dire que son mec est un putain de rebelle.

On profitait des dernières belles soirées de l'année et j'avais la rage. Saloperie de Pauline, qui me regardait de haut, en me parlant de la pluie et du beau temps. Ta gueule, Pauline. Ta gueule. Tout le monde passait un bon moment sauf moi. Ils parlaient de tout, des sujets culture, de politique, d'expos. Ils parlaient des écolos, des musulmans, de Britney Spears, d'Annie Cordy, de Jean Castex, des Cévennes, des travaux dans Paris.

– À moto, on évite pas mal ces emmerdements, a dit Marc.

Je luttais de mon mieux pour retrouver ma sérénité, ma paix intérieure. Certains pensent à une île déserte, à un refuge de montagne, à une crique turquoise. Moi, je pense à mon dressing. À ma caverne d'Ali Baba, à toutes mes boîtes à chaussures. L'autre jour, j'ai tenté de faire du tri, de me débarrasser de vieilles saisies. Mais comme les impôts, les bulletins de paie, j'ai peur de devoir les retrouver un jour, pour je ne sais quelle raison. Non, non, je préfère tout garder.

J'ai accepté de bonne grâce quand on m'a proposé de la tarte aux fruits. Je souriais malgré moi, gênée : mais vraiment gênée, genre la fille inadaptée à la vie sociale.

Le retour a été difficile, moralement. Et pendant la nuit qui a suivi ce dîner horripilant, j'ai compris que je n'arriverais pas à m'arrêter toute seule, qu'il me fallait de l'aide, mais que je n'arriverais jamais à en demander. Alors le mieux c'était de m'y remettre.

3.

Un beau jour, au boulot, j'ai été convoquée par la direction. Le grand type des RH était là. Il me parlait de mise en garde, solennel, ou de mise à pied, je ne sais plus trop. On m'aurait vue voler quelque chose dans le casier d'une collègue. Et au lieu de venir me voir, comme il y avait déjà eu pas mal de vols, la direction a préféré attendre, le temps de « statuer sur les faits ».

Ce qui clochait, c'est que personne ne pouvait savoir que c'était moi qui avais volé le smartphone de cette grande asperge, qui m'avait toujours regardée de haut. Personne ne pouvait savoir que c'était arrivé dans les vestiaires et pas au réfectoire, en salle de pause ou encore ailleurs. À moins que quelqu'un ait des caméras installées dans les vestiaires, je me disais. Oui, ça expliquait tout, ça devait être ça. D'ailleurs, ça ne pouvait être que ça.

Un soir, au moment de partir, j'ai décidé d'en avoir le cœur net, et je me suis rendue au poste de sécurité. Le type est là, il me salue poliment comme d'habitude. Je n'ai jamais prêté attention à lui, je sais juste qu'il s'appelle Pablo et qu'il reste toujours très tard, et voilà que j'entre comme une furie, en ouvrant la porte violemment, et que je lui fais un scandale pas possible, en entrant directement dans le vif du sujet :

– C'est vraiment minable, de mettre des caméras dans les vestiaires des filles, il faut vraiment être petit, tout petit, avoir de gros gros problèmes. C'est quoi, le tien ? Tu as besoin de ça ?

Là-dessus, au lieu de nier, de faire profil bas, Pablo ne se démonte pas, et il me répond du tac au tac :

– De toute façon, c'est pas la première fois que tu voles.

Je ne baisse pas la garde, moi non plus.

– Et toi, c'était la première fois que tu me matais ? Tu sais ce que je vais faire ? Je vais te balancer, mon pote, et tu seras salement coincé, je te garantis.

– Tout le monde s'en fout, ici, ils feront rien.

– Alors je vais aller au commissariat, on verra bien. Si je dépose une plainte, tu dis quoi ?

Il s'est radouci et s'est rapproché de moi sans quitter son fauteuil à roulettes, glissant sur le lino défraîchi de sa loge étriquée.

– Écoute, fais ce que tu veux. Mais je suis déçu, je pensais que toi aussi tu comprendrais.

– Comment ça ?

– On fait la même chose, tous les deux.

J'étais groggy. Comment pouvait-il savoir ce que je faisais de ces portables ? Certes, il m'avait vue en voler plusieurs, mais de là à en déduire ce que je faisais… Il m'assommait, conscient de ma faiblesse.

– Oui, pendant ce moment où elles se changent pour enfiler le sweat-shirt de la boîte, je peux voir la nudité de la plupart des employées, mais leur nudité ne m'intéresse pas, enfin, pas plus que ça. C'est pas à ce niveau-là. Je vois juste comment elles se déshabillent, comment elles mettent leurs chaussettes, comment elles se comportent dans la solitude…

– Leurs chaussettes ? Tu es vraiment pas net, toi.

– Ça te va bien de me juger. Tu sais que la première fois que je t'ai vue voler, j'ai même pas consigné ça par écrit tellement c'est anodin.

– Il y a d'autres filles qui volent ?

– Oui, quelques-unes. Mais tu es la seule à être toujours là. Les autres ont été dégagées ou bien elles se sont dégagées toutes seules, elles n'ont pas fait long feu. Tu n'as pas le profil de la voleuse typique.

– Ah, toi, tu sais parler aux femmes.

Il a plaidé sa cause en me disant des banalités, en voulant faire ami-ami, mais ça prenait pas. Je suis sortie de la boîte en me jurant de lui rendre la monnaie de sa pièce.

4.

Et en fin de compte, depuis six mois, on s'adore ! Le hasard fait bien les choses, car si je n'avais pas eu ce coup de blues post-cinquantième saisie, si je n'étais pas retombée sur Pauline et Marc, je n'aurais pas volé dans les vestiaires sans prendre de précautions, j'aurais été plus discrète, et Pablo ne m'aurait jamais remarquée, on serait restés deux droites parallèles, deux météores anonymes.

Depuis ce temps, on a démissionné. Tous les deux, nous avons négocié des départs en emportant un petit quelque chose, un pécule intéressant, pour nous permettre de rebondir. On ne se quitte pas d'une semelle. On se fait engager ensemble dans des fast-foods. Je m'installe en salle, au service ou à la serpillière, et lui en cuisine. Il observe les gens et il me guide pour des saisies prometteuses. On se fait aussi embaucher par des supermarchés, lui se met au poste de sécurité pour se servir des caméras, planqué dans un petit bureau, pendant que je range les conserves. Et le soir on se raconte nos journées, nos observations sur telle ou telle personne, on se balade et on papote tellement qu'on ne retrouve plus notre chemin.

Récemment, on a travaillé dans un parc d'attractions. Comme simples employés, mais c'était dans l'idée d'être engagés comme mascottes. On retentera sûrement le coup l'année prochaine. On serait bien, en mascottes. Lui pourrait observer les gens tant qu'il veut, personne ne se méfierait de lui. Moi pareil, je serais bien placée, ce que j'espère, ce sont les photos de groupe avec tous les portables qui circulent, et encore et toujours cette salive qui me vient et que personne ne soupçonne sous mon déguisement loufoque.

En général, on reste au même endroit une semaine, rarement plus. On a un peu la bougeotte. Notre but, enfin, notre idéal, plutôt, serait d'ouvrir un camping. Je dis à Pablo :

– Non, mais tu pourras pas installer des caméras dans les douches, on risque trop gros, ou alors tu utilises un dispositif hyper discret, mais à ce jeu-là tu auras des images de faible qualité, avec un mauvais angle, une mauvaise lumière.

– Mais je ne m'intéresse pas aux douches. Tu n'as jamais voulu comprendre ça, dit-il. Pourtant, tu es sans doute la seule personne au monde capable de saisir. Je ne veux pas les corps, je veux l'intimité. Le comportement dans la solitude, les crottes de nez, les tics honteux, les ridicules, je veux voir le masque social en train de tomber. C'est pourtant la même chose pour toi, non ? Avec un camping, j'aurais les images des rayons de la supérette, observant attentivement la mamie qui achète en tout premier le pack de Kronenbourg et qui achète aussi, pour recouvrir son cabas et son honneur, des tas d'autres produits dont elle n'a pas besoin. Et je pourrais garder les films, les visionner quand je veux, même pour m'endormir. Je pourrais avoir un œil sur tout le monde, avec mes caméras de sécurité, avec ma petite voiture électrique, avec mon télescope, j'aurais le couple qui s'engueule en secret et qui joue au duo idéal en public – si évidemment je vois des scènes de violence conjugale, je préviens la gendarmerie –, j'aurais l'ado qui est capable de rester planqué des heures au même endroit rien que pour voir passer une fille qu'il a remarquée le jour d'avant, j'aurais les insomniaques, les infidèles,

les nolife. Et toi, c'est quoi qui t'excite, dans cette idée ? Les portables que tout le monde oublie sur les tables ou sur les transats ?

– En réalité, avec le camping, lui dis-je sur un ton on ne peut plus sérieux, je pense que je serais au-delà du smartphone. J'aurais mieux.

Pablo m'a regardée bizarrement. Et comme j'en avais trop dit ou pas assez, je suis allée au bout, je lui ai dévoilé mon grand plan d'action :

– Est-ce que tu n'as pas l'impression que tout ce qu'on a fait jusque-là, c'était de l'échauffement, un truc à la petite semaine, comme si on n'osait pas se donner les moyens de nos ambitions ?

– Tu m'intrigues, et tu me fais flipper en même temps. Je suis pas certain de vouloir en entendre plus…

– Réfléchis. Toi, tes caméras, moi, mes portables, on est dans l'intime, OK, mais pas tant que ça, il nous reste une épaisseur, une peau. Il faut voir plus loin. Pense aux poubelles, aux déchets, aux papiers : on obtiendrait des infos sur les choses dont on veut se débarrasser, on pourrait voir ce que les gens ne veulent plus voir, ne veulent pas montrer. En temps normal, le problème qu'on a pour fouiller les poubelles, c'est qu'on n'est jamais tranquille dans les locaux des immeubles, dans les ruelles, il nous manque du temps, de la tranquillité, de la méthode. Alors que là, on pourrait décider nous-mêmes de notre protocole, on dirait aux gens comment jeter leurs déchets, et ils nous mâcheraient le boulot.

– Comme une poubelle jaune où on écrirait « carton », et une poubelle rouge où on écrirait « papiers compromettants, merci », je vois l'idée. Écoute, je ne suis pas sûr de te suivre là-dessus. C'est peut-être trop... Pour un petit secret déchiré en confettis, pour un test de grossesse, combien de tickets de caisse, combien de conserves de raviolis...

Alors je l'ai achevé avec des arguments massues :

– L'avantage suprême, avec notre camping, c'est de fidéliser la clientèle. On repère ceux qui ont le plus de potentiel, et on les chouchoute. Des cocktails gratuits, des emplacements privilégiés, plein de petites attentions. Et ils reviennent année après année. Celle d'après, et encore celle d'après, etc. On voit grandir nos petits protégés, comme des ethnologues. Imagine le pouvoir qu'on aurait. Rien ne nous échapperait. On installerait un super réseau WiFi, gratuit, puissant, sans zone blanche dans tout le camping, mais un WiFi public pas du tout sécurisé, ouvert à tous les vents, configuré par nos soins pour que toutes les données personnelles arrivent jusqu'à nous, tranquillement assis sur nos chaises en plastique. Même plus besoin de les dérober, les infos couleraient jusqu'à nous. Historiques, commandes, messages, téléchargements, la vie des autres en open source... Ce serait notre téléréalité. Notre programme.

Et là je voyais Pablo rêvasser, heureux dans notre petite bulle sociologique, mi-CNRS mi-loge des concierges, alliant la méthode rigoureuse à la proximité bienveillante.

– Bon, je vais réfléchir… Et sinon, Léa, quand même, comme tu parles de l'avenir, est-ce que tu penses…

Il regardait ses chaussures, comme un garçon qui ose venir devant une fille mais qui, au pied du mur, n'arrive pas à lui demander si elle veut danser.

Il a fini par me dire, d'un air plus qu'emprunté :

– Tu penses que ce mode de vie, c'est compatible avec des enfants ?

– Les enfants, c'est pour les gens qui s'ennuient, dis-je sèchement pour couper court. Tu t'ennuies, toi ?

– Non, mais…

– Fais-moi confiance. On va avoir la vie qu'on veut.

Et on a continué à chercher sur Internet des terrains, des parcelles où on pourrait construire notre petit jardin d'Éden.

POUR DES RÉALITÉS

> « Je suis rentré chez moi complètement vengé. De tout. Je nageais dans la joie. Je triomphais, je chantais des airs italiens. »
>
> Fiodor Dostoïevski, *Notes d'un souterrain*

Tu es là pour quoi, toi ?, m'a demandé le gros débile. Comme si on était en prison. Je l'appelle le gros débile parce qu'il est gros, et parce qu'il est débile. Non, le centre, c'est pas la prison. Je lui ai donné une réponse vague : « Pour oublier. » Mais ça ne répondait absolument pas à la question et ça l'a poussé à poursuivre : pour oublier quoi ? Quel gros débile.

Puis ça a été mon tour, on m'a dit d'entrer dans une petite pièce, presque vide. Il y avait un bureau blanc cassé, deux chaises blanches, deux cadres verdâtres accrochés l'un au-dessous de l'autre qui représentaient, chacun, un carré blanc traversé par une ligne verticale bleue ou une ligne horizontale rouge. Minimaliste. Au fond il y avait une fenêtre, mais située en hauteur, si bien qu'on ne pouvait pas regarder au travers.

Au bout de quelques minutes, une femme est entrée. Fluette, mais pas mal, comme une actrice qui n'aurait jamais vraiment percé, des lèvres charnues sur un visage pourtant très fin, des bras menus comme des cintres. Elle s'est présentée, docteure Machin, et on a commencé à discuter. On n'a pas vu l'heure passer. Comme si on était connectés, à parler du passé avec toutes ces années à rattraper. Enfin, c'est surtout moi qui parlais. Elle, plus dans l'écoute. Chacun son profil, après tout.

Pendant des dizaines de minutes, je lui ai raconté ma dernière aventure. Au bout d'un certain temps, elle m'a interrompu :

– Parlez-moi de ce que vous appelez le hasard, Christian…

– Le hasard guide mes pas. Vous avez dit que je joue à Dieu, docteure? Je me laisse porter, c'est tout. Et si je trouve quelque chose qui m'intéresse, je prends. Il y a encore quelques jours, j'étais amoureux. Fou amoureux. Plus fort que tout, plus fort que moi. Le coup de foudre. Elle était de dos, à contempler le panorama, la Grande Plage de Saint-Jean-de-Luz qui s'étirait devant elle comme une toile d'araignée. Il faisait très beau, ce jour-là. Avec le type qui l'accompagnait, ils avaient l'air de s'aimer tendrement. Bien sûr c'était naïf, ils n'étaient pas du tout faits pour être ensemble et j'avais l'impression d'être le seul à le savoir. Ils nageaient dans l'illusion, et je me disais que ça allait être difficile de les séparer. Mais vous savez ce que c'est : quand on sent que son bonheur est là… on ne compte plus ses efforts. Moi, vous voyez, j'ai toujours cultivé le bonheur. C'est pas marrant, hein, de cultiver, faut se lever aux aurores, faut bosser, bosser, bosser, et autant vous dire qu'on n'a pas son dimanche. Mais ça en vaut la peine, c'est ce que je me répétais quand j'observais Éléonore, dans son monokini rouge, comme Carmen Electra, étalée sur la plage, les orteils chatouillés par des restes de vagues. Depuis ma Polo noire, je n'en perdais pas une miette, même si c'était moins confortable que prévu. Mais que voulez-vous, cette auto m'avait tapé dans l'œil, c'était dans une petite rue. Près du Lidl de Saint-Jean-de-Luz, vous voyez ? C'est entre le McDo et la polyclinique. Coup de bol incroyable, la portière était déverrouillée, et les clés étaient sur le contact. Les gens, franchement… Super coup de bol, les papiers étaient dans la boîte à gants. C'est la première chose que je vérifie, maintenant, depuis les embêtements que m'ont causés les policiers avec la Maserati de Mont-de-Marsan.

Quand l'autre gars a disparu, le lendemain du maillot rouge, elle ne l'a pas cherché très longtemps. Elle a trouvé ça bizarre, bien sûr. Il lui avait dit qu'il allait chercher du Doliprane.

Je le sais, car j'avais pris mon petit-déjeuner en même temps qu'eux, dans la salle à manger de leur hôtel quatre étoiles. On entre là-bas comme dans un moulin, les serveurs font à peine gaffe. Votre numéro de chambre, monsieur ? La 12. Et c'est pas plus compliqué que ça. Dans les hôtels, il y a toujours une chambre 12. Pendant que je beurrais mes toasts, j'écoutais tout, sans en perdre une miette. En général, on prétexte des allumettes pour prendre le large. Ou du pain. Mais du Doliprane, j'avais jamais entendu ça. En même temps, à sa décharge, c'était vrai. Je le sais, car je l'ai suivi sur le parking de l'hôtel, je l'ai suivi ensuite en voiture, comme dans les films, suivez cette voiture, sauf que je me le disais à moi-même. Posté sur un parking anonyme, je l'ai vu qui ressortait de la pharmacie de la zone industrielle. J'ai mis le contact, j'approchais de lui en roulant au pas, mais la Polo était tellement nerveuse que j'ai pas réussi à freiner comme je voulais. C'était un accident. Un hasard, même.

Quand je suis revenu à l'hôtel, j'ai mis quelques minutes à la trouver. Elle se promenait sur la plage, en tenant ses sandales beiges à la main, avec les vagues derrière elle, c'était poétique. Elle a passé la journée assise sur le sable. J'ai attendu pour intervenir. En fin de journée, je suis allé lui parler.

– Vous êtes seule ?

– Oui, malheureusement. Mon fiancé est parti.

– Ça n'allait pas entre vous ?

– Je croyais que si.

Et pendant plusieurs jours on a parlé. On se baladait sur la plage, je portais mes mocassins dans la main gauche, je lui donnais la main droite, les oiseaux au loin, les petits bateaux blancs, c'était encore plus poétique.

Elle l'oubliait. Elle me regardait avec les yeux de l'amour. Je devançais ses moindres désirs. Au bout d'une semaine, elle a décidé de rentrer à Bordeaux. « Obligée », disait-elle, comme tous les gens qui refusent d'être libres.

– J'ai mon travail, mes patients.

Tous ces bâtons dans les roues dont on exagère l'importance… On s'est donc quittés, mais avec la ferme intention de se revoir.

Au premier coup de fil que je lui ai passé, c'est-à-dire un seul petit jour après notre pseudo-séparation, j'ai tenu à lui dire clairement que je ne pouvais pas vivre sans elle. Je lui ai dit viens chez moi, quelques jours, j'habite dans une grande et belle maison à Arcachon. C'était un pari, cette maison, mais je ne prenais pas trop de risques : là-bas la plupart des baraques sont des résidences secondaires. Dès le moment où je l'avais quittée, dans les rues du centre-ville j'ouvrais au hasard les portes d'entrée, je forçais, un tout petit peu, pour voir si la porte était bien solide. Au bout de quelques tentatives, je suis tombé sur une superbe bâtisse. Genre chalet, tout blanc avec des grands volets bleus, on aurait cru les Cyclades. Si le portail est ouvert, c'est que c'est libre. Et si c'est libre, c'est à moi. J'ai tenté d'ouvrir la porte, un peu brusquement, j'en conviens, et sésame ouvre-toi, je pouvais entrer dans ce grand salon lumineux.

Je farfouillais dans le vide-poches, les tiroirs, le courrier. Bingo, c'était des étrangers, on n'allait pas être embêtés (j'aime pas être dérangé). Quarante-huit heures plus tard, on ne pouvait plus me virer. C'est la loi. Et c'était d'ailleurs le temps qu'il me fallait pour aménager notre petit nid d'amour.

Pendant plusieurs jours, j'ai envoyé des messages à Éléonore. De son côté, elle m'a appelé mais je ne décrochais pas. Non, les relations au téléphone, je trouve que ça sonne faux. Pourquoi ? Je ne sais pas, je n'ai jamais été très téléphone. Par écrit, c'est parfois plus convaincant. Je lui écrivais : Viens habiter avec moi, ma chérie.

– Mais tu es fou, elle me disait sur le répondeur, j'ai mon travail, j'ai mes amis, j'ai mes parents, ma famille.

Encore ces éternels cailloux dans la chaussure qui plombent notre liberté.

Là, j'ai pris le téléphone, parce qu'on était en train de s'éloigner, elle et moi, comme deux astres dans l'univers infini, j'ai à peine attendu qu'elle dise allô que je lui disais ses quatre vérités, pour son bien.

– Mais est-ce que tu n'as pas envie de cette folie ? C'est quoi, ton rêve ?, lui dis-je en plantant les yeux dans le téléphone comme si elle était face à moi.

– Peindre et écrire des contes pour enfants.

Je l'imaginais tortiller le fil du téléphone mural d'une pension de jeunes filles.

– Ici, tu pourrais. Tu installerais ton atelier en haut, ton bureau en bas, tu agencerais tout comme tu le veux.

Je sentais qu'elle mordait à l'hameçon. Elle se débattait, pourtant, frétillante de doutes et de reculades.

– Je ne sais pas, Christian, quand même. C'est un grand pas dans l'inconnu.

J'ai laissé passer trente secondes. En respirant fort. Elle attendait ma réaction, comme un chat qui a cassé un vase.

– Tu insultes notre amour, ma chérie. Tu manques de respect au destin qui nous a réunis. Nous deux, c'est pas le hasard. Le hasard fait bien les choses, à la limite. Mais le destin, ça ne se discute pas. C'est l'univers. Si tu crois comme moi au destin, et à notre histoire, alors écoute-moi, viens habiter ici. Je passerai ma vie à t'attendre. J'ai confiance. *Good things happen to good people.*

Elle a continué à se débattre comme une truite, je sentais à l'autre bout de la ligne qu'elle était épuisée.

Elle est venue un week-end.

Puis une semaine complète.

Je rencontrais quelques problèmes pour gérer l'afflux des gens qui arrivaient via Airbnb, j'ai dû batailler ferme pour appeler la plateforme, pour trouver enfin un interlocuteur compétent pour qu'ils retirent l'annonce de ma baraque, sans quoi je portais plainte. On a des droits, merde.

Eh bien, je n'y croyais pas moi-même, mais les propriétaires du chalet ne se sont jamais manifestés. Vous y croyez, ça, docteure ? C'est souvent comme ça que ça se passe : vous vous faites du mauvais sang, vous pensez que tout ce bonheur va s'arrêter dans quelques secondes tellement c'est beau, c'est pur, vous vous attendez à un châtiment, mais non, rien n'arrive, rien ne se produit.

Pendant trois mois, la vie était belle : on mangeait dans le jardin.

Un jour, alors qu'elle débarrassait et qu'il faisait un grand soleil, elle m'a dit :

– Christian, je veux un enfant. Pas tout de suite, bien sûr. Mais dans pas trop longtemps, tu sais, l'horloge tourne.

Elle posa ses mains en rond sur son ventre, dessinant comme le cadran d'un coucou autour de son nombril, comme si un oiseau allait en sortir à n'importe quel moment.

S'il n'y avait que ça pour la rendre heureuse, c'était pas bien compliqué. Elle voulait un bébé rapidement, je lui ai dit oui, et je me suis dépêché de lui en trouver un.

Le lendemain, j'allai à Bordeaux. Il faisait beau et les passereaux chantaient à qui mieux mieux. Je suis entré dans l'hôpital, j'ai demandé les services de la maternité, on me les a indiqués. Pas plus compliqué que ça. Et dire qu'il y en a qui mettent cinq ans pour faire un enfant.

Je suis entré, je suis ressorti avec un bébé.

Bien sûr, je pouvais pas le lui donner comme ça, il fallait travailler le storytelling pour enjoliver. Un bébé, c'est pas n'importe quoi, hein. Alors je suis passé prendre une poussette dans une crèche qu'il y avait à côté. Je ne savais pas laquelle prendre, alors j'ai laissé le bébé choisir en examinant sa réaction devant chaque modèle. On voyait qu'il préférait la rouge. Puis je suis revenu discrètement à la maison, j'ai laissé une petite note dans la poussette et je l'ai abandonné devant la porte. Puis je suis parti faire un tour.

Une heure après, elle m'appelle. Christian, mon chéri, tu vas pas le croire, quelqu'un a déposé un bébé devant la maison. Non ?, je lui dis. Et elle me raconte toute une histoire qu'elle s'était inventée, en seulement une petite heure. Selon elle, c'était une fille-mère, qui a accouché clandestinement, dans un local à poubelles, sa famille n'est pas au courant, le papa du bébé non plus, et elle cherchait des gens à qui le confier. Elle nous aurait choisis par hasard ?, je lui demande. Non, non, pas par hasard, bien sûr, c'est une fille du quartier, me répond Éléonore, elle sait qu'on est des gens bien, toi et moi, qu'on fera ce qu'il faut pour son bébé. Enfin, je te laisse, il me réclame. Tu rentres quand de Bordeaux ?, il faudrait que tu ailles au commissariat, le plus tôt possible.

Le commissariat, tout de suite… Pourquoi pas la CIA, non plus.

C'était la croisée des chemins. Lors de notre rencontre, j'avais deviné cette désespérance en elle. Mais jusqu'où allait-elle ? Une demi-heure après ce coup de fil, je l'ai rappelée, pour la sonder.

– Éléonore, je n'irai pas au commissariat ; ce bébé, c'est moi qui te l'ai apporté. Pour te rendre heureuse. Tu l'aimes déjà, et tu l'aimeras sûrement plus que sa génitrice. Sa mère, c'est toi ; c'est toi, et personne d'autre, si c'est ce que tu veux. On n'aurait de comptes à rendre à personne. On s'en irait où tu le désires. On serait trois, on serait inarrêtables. Je vois loin, pour nous. Le Sichuan. Le Wyoming. Où tu voudras.

La désespérance d'Éléonore n'était pas aussi profonde que je l'aurais cru. Et autant dans mon existence un tantinet baroque j'ai toujours pu organiser ma défense, jouir d'une présomption d'innocence (encore heureux), autant pour le bébé on m'a tout de suite arrêté et traité sans ménagement. On n'a même pas eu le temps de s'expliquer franchement, elle et moi, ou par bribes, par secousses émotives. Tu es fou Christian (elle), tout ce que j'ai fait je l'ai fait pour nous (moi), tu t'es moqué de moi depuis le début (elle), tout ce que j'ai fait je l'ai fait pour nous (moi).

Le reste n'a été que formalités, transit, déplacements d'un bâtiment à un autre, et aujourd'hui c'est donc un peu par hasard que je me trouve devant vous. Le hasard, toujours.

Puis il y a eu un grand blanc.

Je regardais la docteure, les coudes posés sur son bureau, tout était bien rangé, impeccable. Derrière elle il y avait ses diplômes au mur, mais je n'arrivais pas à les lire. J'espère qu'ils vont me rendre mes lunettes dans pas longtemps. Comme si on pouvait blesser quelqu'un avec des branches de lunettes. La fenêtre était ouverte : elle m'avait demandé, à un moment de notre entretien, si ça me dérangeait. J'ai dit non. Ça sentait le pain grillé. Plutôt inhabituel, à cette heure-là, mais j'adore cette odeur. Ça me rappelle chez Tonton.

À la fin du grand blanc elle a pris une longue inspiration, profonde.

– Le hasard fait bien les choses, me dit-elle.

– Je trouve aussi. On dirait que j'aimante les bonnes choses. Le bonheur, c'est simple, il faut savoir aller de l'avant. Je n'ai jamais compris tous ces gens qui se vautrent dans leurs lamentations. Et Dieu sait qu'ils sont nombreux, en France, à jouer les victimes, à s'apitoyer sur leur sort.

– Quelle est votre définition du bonheur, Christian ?

Moi, du tac au tac :

– Bah, avoir ce qu'on veut.

– Le bonheur, c'est dans l'acquisition ? dans la possession ?

Elle croyait me piéger, avec ses phrases réductrices.

– Oui, j'affirmai. Et vous, docteure ? C'est quoi, votre vision du bonheur ?

– On n'est pas ici pour parler de moi.

– Je vous en prie.

Elle a pris un air docte, regardant au loin, une vraie prof de fac.

– Le bonheur, c'est de construire sa vie sur des bases saines. Ça suppose une maturité, un équilibre. Il faut voir le bonheur comme un socle, et il faut se faire sculpteur de sa propre vie, pour créer quelque chose d'harmonieux, de proportionné.

– C'est une morale de perdant, ça.

– Mais le bonheur n'est pas une course, Christian. Ni gagnant, ni perdant. Et l'ingrédient mystère, c'est la patience.

– Encore un truc de perdant.

– Tout ce que vous m'avez raconté, Christian, c'est un manque de patience : voilà le dénominateur commun. Vous vous arrangez pour que les choses vous arrivent. Des choses qui *pourraient* vous arriver : acheter une voiture, rencontrer la femme de votre vie, acheter une villa à crédit, avoir un enfant, mais que vous voulez tout de suite. En éliminant ceux qui vous gênent, sans la moindre préméditation je crois, et c'est d'ailleurs pour ça que vous êtes ici. Vous aimez les voitures ? Eh bien dites-vous que vous avez tendance à rouler sur la bande d'arrêt d'urgence. On va plus vite, c'est indéniable, mais sans motif valable, c'est strictement interdit. Vous *pensez* avoir un motif valable, vous vous en inventez un, mais il n'y a rien, vous n'êtes pas les pompiers, pas les gendarmes. Vous usurpez un statut. Vous êtes en infraction.

Je la laissais parler, comme quand on s'abrite sous un porche le temps que l'averse cesse.

Elle continuait :

– J'ai une question qui vous semblera étrange. Aimez-vous les calendriers de l'Avent ?

– On est en juin…

– Faites preuve d'imagination. Ça ne devrait pas être difficile pour quelqu'un comme vous.

Là, un infirmier est entré, sans frapper, je veux dire qu'il a à peine frappé à la porte avant d'entrer dans la pièce, sans aucune politesse. Il a simplement dit :

– Vous avez de la visite.

Elle a commencé à sourire, un vrai sourire, franc, ce n'était plus la personne que j'avais eue en face de moi.

– Ah, je vois ce que c'est.

Elle s'efforçait de faire disparaître son sourire, sans succès.

– Christian, nous allons nous arrêter là pour aujourd'hui. Nous nous revoyons demain.

– Ou peut-être avant.

– Oui, nous nous croiserons peut-être dans le parc.

Je suis dans ma chambre depuis des heures. Il n'y a pas de fenêtre, mais il y a toujours cette odeur de pain grillé. Cette consultation m'en a appris beaucoup sur cette thérapeute. La chose sûre, c'est qu'elle s'intéresse beaucoup à moi. Oh, c'est pas la première fois que ça m'arrive, bien sûr. Mais elle semble tellement sûre d'elle, sûre de ce qu'elle avance, que j'en suis presque désorienté. En tout cas, elle est folle de moi. Demain je lui offre une tarte au citron meringuée de la cafétéria. Tout le monde aime la tarte au citron meringuée. Elle ressemble à ces folles qui écrivent aux criminels de la pire espèce, les tueurs, les violeurs, les types qui purgent des peines de trois cent trente-sept ans dans le Dakota du Nord. Je vais la charmer. Je vais la séduire et elle va remplir deux trois papiers pour me faire sortir de là. Les oiseaux me manquent. Ceux du centre n'ont aucun intérêt. Les vitres sont sales, les espaces verts sont tristes et je m'y sens trop à l'étroit. Moi, je suis plus heureux dans les espaces sauvages. Allez, avec un peu de chance, dans deux semaines on part dans la Brenne, elle et moi. Il paraît qu'ils ont des grèbes à cou noir et plein de grues cendrées, là-bas. J'aime bien les oiseaux. Et il vaut mieux éviter la côte atlantique pendant quelque temps. Si jamais Éléonore est à ma recherche sur une plage.

SEXY CANDY

> « Jamais il n'avait senti plus douloureusement la misère de son amour, cette gravité de son cœur perdue dans cette blague du plaisir. »
>
> Émile Zola, *Nana*

C'était un de ces jeux de fin de soirée où les convives doivent raconter quelque chose d'intime. La maîtresse de maison, Paloma, une gigantesque brune à l'accent sud-américain prononcé, était assise dans un grand fauteuil acajou. Superbe et solennelle comme un lévrier afghan, elle tenait, posée sur ses genoux, une boîte d'où elle tira une carte parmi d'autres. Elle pinça ses lèvres mises en valeur par un gloss rose clair et lut : « Quel est le parfum le plus enivrant que vous ayez connu ? » Dans un coin de la grande pièce à vivre, Bruno attendait son tour, en sirotant nonchalamment un verre de whisky qu'il n'avait pas vraiment envie de boire.

C'était presque le milieu de la nuit et l'ambiance était bonne, décontractée, alcoolisée. Si d'aventure quelqu'un passait dans la rue glaciale devant la maison à cette heure tardive, il se dirait « ah, ici, on sait s'amuser », entendant les rires francs et communicatifs. Les anecdotes pleuvaient, certains partaient malgré tout, oui, on a beaucoup de route jusqu'à Marly. Bruno attendait son tour. La maîtresse de maison interdisait aux gens de partir avant d'avoir joué à son jeu, s'énervant et gesticulant tellement que le cuir bosselé du fauteuil acajou faisait des vagues.

Un invité avec un pull Eden Park parla de l'odeur du linge chez sa grand-mère, qui le ramenait toujours à l'enfance où tout est toujours plus simple. Des mots aussi clichés que madeleine de Proust furent prononcés. Un autre vêtu d'une parka Canada Goose (il devait partir, vraiment) parla de l'odeur des morts dans un charnier du Pakistan (un type qui effectuait beaucoup, beaucoup de voyages et qui aimait beaucoup, beaucoup en parler). Une invitée, en robe Desigual, parla d'un pet qui lui échappa pendant une cérémonie, on déviait du sujet initial mais l'anecdote en valait la peine. Quant à Bruno, en vieil habitué de ces mondanités et par goût de l'indécence légère, il parla du parfum du vagin d'une femme qu'il avait connue, quelques années auparavant. Cela fit son effet, car dans les soirées mondaines (comme dans les livres) les gens adorent parler de l'odeur de vagins, beaucoup plus que dans la vie quotidienne en tout cas, et il y a toujours quelqu'un pour dire en riant « mais au fait, elle n'est pas dans cette pièce ? » Et tous, comme Bruno, en pull cachemire Eric Bompard, racontèrent une histoire que même sans la connaître tout le monde avait déjà entendue. C'était désolant. La crainte de passer pour un original nous submerge, et chacun se barricade derrière de vraies-fausses confessions, des monnaies d'échange bien connues, et malgré toute la science de nos jeux raffinés chacun reste seul avec ses secrets et leurs parfums aux formules complexes.

En rentrant chez lui (enfin), Bruno ne trouvait pas le sommeil, se retournant tant et tant dans son lit qu'il se noyait dans ses draps humides. Bruno était tout bêtement nostalgique, repensant au parfum le plus enivrant qu'il ait connu.

2.

Quand il avait 21 ans, Bruno a passé un an dans le Maryland, en tant que boursier, dans une université obscure où il apprenait à se servir de logiciels coûteux que sa fac française ne pouvait pas se payer. Il était content de partir : laisser derrière lui la France, ses échecs, ses errements, se débarrasser de ce goût d'inachevé qui traînait par terre comme une vieille robe de chambre. Vingt et un ans et la vie devant soi, l'occasion de vivre en Amérique, seul, libre comme un pionnier, le comblait de joie et d'espoir. Sans compter que 21 ans est la limite pour entrer dans les bars et consommer de l'alcool. Nourri aux comédies et aux séries américaines, Bruno pensait que la vie en *college* était une succession de beuveries et de coucheries et que les bars connaissaient tous les soirs des bagarres autour de la table de billard. Après quelques semaines, il était clair que rien de tout ça n'était réel, du moins pour lui.

Tout se passe bien ?, lui demandait sa famille au téléphone. Oui, tout se passe bien. Tu travailles bien ? Oui, je travaille bien. Tu as rencontré du monde ? Oui, j'ai rencontré du monde. Souvent on reprend la formulation de la question, procédé ô combien élaboré pour signifier aux autres qu'ils nous ennuient et qu'on n'a aucune envie de développer. Mais au-delà de ses silences à sa famille ou à ses amis sur sa vie américaine, c'était le désert absolu, le désert sans oasis et même sans mirage. Les fraternités tant imaginées étaient hors de prix et hors d'atteinte. Les soirées étudiantes, c'était en fin de compte comme à Paris. Les bars aussi, en plus cher. On avait dit à Bruno : pour draguer, c'est cool, t'es français, t'as juste à claquer des doigts. Au contraire, c'était cette même drague sempiternelle, avec sa part de sadisme et sa part de calcul, comme dans ces pubs pour du parfum, suis-moi je te fuis, etc. Et qui surtout ne lui réussissait pas. Après avoir imaginé des Américaines faciles et franches, il déchantait. Il traînait son spleen dans les couloirs de la fac. Au moins les installations étaient au top, les écrans d'ordinateur étaient tout plats, ça changeait des gros machins des bureaux en France, il étudiait, se promenait, avait plein de temps pour lui. Les pelouses de la fac étaient vertes comme du chewing-gum Hollywood. Il s'allongeait, déjeunait, se joignait à des parties de *footbag*.

Un soir, deux mois après son arrivée, juste avant un grand départ en vacances des étudiants du campus, alors que les couloirs et les pelouses s'étaient vidés, un type distribuait des flyers devant une grande porte en bois décorée d'ouvrages de ferronnerie peu discrets. Quand Bruno est passé à sa hauteur, le type lui a donné un prospectus rouge et noir qui vantait les mérites d'un club de strip-tease, en plein *downtown*. On promettait des filles sexy, des boissons fraîches, un spectacle éblouissant, on s'engageait vraiment sur la qualité de ce qu'on offrait au client. Il était même question de grillades à toute heure.

Bruno s'y est rendu ce soir-là. C'était un club assez glauque. Il y avait assez peu de clients. En matière de spectacle, c'était juste deux filles qui tournaient chacune autour d'une barre de pole dance et en fond sonore une musique assourdissante crachée par des enceintes hors de forme, pendant que d'autres filles allaient discuter avec chacun des clients assis autour de tables rondes sur lesquelles trônaient, nonchalamment, des cendriers remplis de montagnes de mégots. La fumée envahissait la grande salle. Les filles dansaient, mollement. Elles s'approchaient du bord de la scène, pour récolter les billets de 1 dollar ou plus qu'un client leur collait sur la peau.

Ne sachant quoi faire, Bruno commanda une bière et reçut des sollicitations des filles qui venaient tour à tour lui demander d'où il venait, s'il voulait une danse. Une d'elles retint toute son attention alors qu'elle venait de remplacer une des filles sur la piste, elle dansait, lascive, langoureuse, par-delà le pauvre jeu de lumières criardes, agressives. Elle était grande, vaguement rousse, avec de beaux seins en poire qui avaient l'air naturels et qui l'étaient sûrement, en tout cas ils remuaient bien quand elle se lançait dans une chorégraphie sensuelle autour de la barre ou autour d'un client. Après tout, se disait Bruno, c'est son outil de travail.

Candy a tout de suite été la préférée de Bruno. Après lui avoir lancé quelques dollars et qu'elle s'est rapprochée de lui, il a payé pour une danse, sirotant sa deuxième bière tout en la reluquant. Ce fut vite expédié.

– Tu veux une autre danse ?, lui dit-elle.

Il hésitait. Il reprenait ses esprits, difficilement. La salle s'était légèrement vidée. Une odeur de friture émanait des cuisines, collées aux W.-C.

– Je n'ai plus d'argent sur moi.

– Il y a un distributeur à l'entrée des toilettes, si tu veux.

Au sourire de comédie de Candy répondait celui gêné de Bruno. Il la regardait ramasser les billets à terre, en les rangeant dans une petite pochette de communiante.

– Non, ça ira, je vais rentrer.

Dès le lendemain Bruno était revenu, gonflé de désir et de dollars.

3.

Très vite il apprit à connaître les jours de boulot de Sexy Candy, ses horaires, ses attitudes, ses mimiques. Très vite elle le vit devenir un de ses plus grands fans. Car aussi risible que ce soit, les plus anonymes *exotic dancers* ont leurs fans, aussi dévoués que ceux des grandes stars, leurs habitués prêts à dépenser sans compter pour honorer leur idole.

Parfois il faisait la fermeture, là où on pouvait voir une vieille dame squelettique de 75 ans passer la serpillière et aggraver son arthrose en mettant les chaises sur les tables, pendant que les deux ou trois dernières filles, dont Candy, finissaient de se trémousser sur la scène. C'était ce moment précis où toutes les lumières avaient été rallumées, révélant un sol maculé de flaques de mauvaise tequila et de miettes de nachos au fromage.

Parfois il voyait Sexy Candy qui prenait sa pause, elle était devant le club, un peu à l'écart, dans la pénombre ; elle fumait une cigarette avec un vieil habitué, elle rigolait, posait spontanément sa main sur l'avant-bras du type, comme deux collègues de bureau, parlant météo et signes astrologiques.

Pendant leurs « rendez-vous », à chaque fois qu'elle s'approchait de lui, de sa démarche féline (et grotesque tellement c'était appuyé), il fermait les yeux et se laissait guider par son odeur, ce parfum trop fort qui ne lui permettait pas de s'évader spirituellement vers des contrées exotiques, des caravansérails, des caraïbes, des indochines, mais qui lui permettait au moins de ne pas s'avouer que tout ça était du chiqué, du rapprochement tarifé, et plus le parfum était fort, plus cela fonctionnait : parfum inhibiteur de questionnement, narcoleptique de la mauvaise conscience qu'ont tous les types comme lui qui traînaient autour de Sexy Candy, ou de Cheyenne, de Rocket, ou encore de Jézabel. Les parfums sont à la hauteur du raffinement de l'assistance. Dans les soirées de l'ambassadeur, les vraies, les types mangent autre chose que des Ferrero Rocher et les femmes sont si chics qu'elles ont des parfums qu'on devine à peine, des soupçons subtils, des spectres de senteur, jeu raffiné dont Bruno était bien loin avec Sexy Candy. Et il s'en moquait, ce parfum fort comme du débouche-chiottes lui capturait le cerveau.

Il commença à se ruiner. Dans sa chambre, il gardait près de son oreiller un vieux bocal qu'il remplissait de billets de 1 dollar. Son *roommate* lui demandait pourquoi, Bruno ne répondait pas. Le midi, Bruno ne mangeait pas, ou alors de la semoule, très souvent, c'était rapide à préparer et pas cher. Le soir, il grignotait au club de strip-tease, où il commandait toujours la même chose, des œufs brouillés et un orange blossom servi dans un très grand verre sérigraphié au nom du club.

L'argent que lui envoyait sa famille disparaissait bien vite. Quelle honte, se disait-il, si on me voyait.

Mais personne ne le voyait dans cette grande ville américaine sans charme où il était le plus anonyme de tous les anonymes qui la peuplaient. Il se payait de très nombreuses danses en compagnie de Sexy Candy, d'abord en salle, puis en salon privé, c'était plus cher. Et c'était surtout plus permissif quant aux gestes autorisés. Alors qu'en salle il effleurait ses jambes, ses hanches, ses bras, en salon il pouvait effleurer ses seins et ses fesses. Il y avait de la moquette aux murs et des rideaux roses. Ça sentait la caravane de cartomancienne.

À chaque fois qu'il rentrait dans sa chambre universitaire après ces soirées-là, Bruno se disait : « Je cocotte. » Mais il ne prenait pas de douche pour effacer cette odeur, il aimait en être imprégné. C'était comme si elle ne le quittait pas, comme s'il était encore dans le salon privé.

4.

Touchant du doigt, façon de parler, les limites de sa « relation » avec Candy, Bruno se décida à ralentir. Ses visites s'espacèrent. De loin en loin. Ce n'était pas une drogue, c'était simplement un plaisir coupable, un moyen de court-circuiter sa machinerie là-haut dans le crâne. Et l'année d'étude s'écoula, avec son lot de souvenirs, de bons moments, d'expériences, de belles rencontres.

Mais à son retour en France, toujours obsédé par ce parfum et par les séances avec Candy, Bruno épuisait les recours : supermarchés discount spécialisés dans le déstockage, marchés saisonniers, produits chinois de contrebande, il achetait des parfums cheap pour retrouver cette odeur. Il en pulvérisait dans son salon, tous les soirs, assis devant une table basse sur laquelle personne ne dansait. Il respirait à pleins poumons une odeur d'échec qui était malgré tout une odeur de vie, et c'est en brûlant cet encens autour de lui qu'il ne sombrait pas dans le désespoir. Ce n'était pas commun, certes. Mais ce n'était pas beaucoup plus bizarre que les addictions de son entourage, à l'alcool, aux drogues douces ou aux médicaments.

Un jour de printemps, au cours d'une soirée et dans le couloir d'un bar de Toulon pour être exact, il rencontra une fille, qu'il courtisa de longues semaines.

Elle se dérobait, on se voit?, ah je sais pas trop. C'était presque trop raffiné pour lui et son goût des choses directes. Le raffinement, c'est quand on n'a pas tout de suite ce qu'on veut. C'est ce que l'argent et les passe-droits ne suffisent pas à obtenir. Avec Sexy Candy, il avait touché les limites d'une vie directe, sans chichis; on voulait, on payait.

Mais arrivé à l'âge adulte, Bruno apprenait à en passer par le raffinement du désir. Et il apprit à apprécier les délicatesses, les nuances, les contournements. Il aima finalement l'idée que la vie n'est pas un McDonald's dans un pays étranger, où on pointe du doigt une photo de ce qu'on veut obtenir. L'idée qu'on n'est pas ce touriste qui ne parle pas la langue mais qui montre ce qu'il veut sur le menu, et qui l'obtient parce qu'il a le pognon. Avec l'âge, il découvrit l'Amérique de la subtilité.

5.

Toujours incapable de trouver le sommeil lors de cette nuit d'après-soirée mondaine, Bruno s'en voulut de ne pas avoir partagé cette anecdote avec ses amis. Quand même, il était vieux, maintenant ! Mais on se dit toujours, piteusement : les gens ne comprendraient pas.

Il se rendit aux toilettes, attrapa le désodorisant parfum fleur de vanille. Allongé sur le dos dans son lit aux draps trempés de sueur, il vaporisa dans toute la pièce pendant de longues secondes et sentit retomber sur lui ce parfum capiteux, entêtant et à la limite du haut-le-cœur. Sur son ventre, sur son nez. Il ferma les yeux.

PAULIN ET MARINA

« J'étais en fin de compte tellement méprisable qu'il ne me restait plus qu'à dormir. »

John Fante, *La Route de Los Angeles*

Quand Paulin entra dans la bijouterie située dans un coude lointain du centre commercial, il fut accueilli par des rangées de lumières blanches et crut qu'il avait échoué au paradis tellement cet éclairage n'avait rien d'humain. Violent, aveuglant, intimidant, il attendait qu'un spot et un porte-voix se braquent sur lui pour lui livrer un message divin. C'était l'idée qu'il se faisait du paradis : on entre dans un espace vague, inconnu, et une voix vous dicte votre conduite à partir de maintenant. Étonnamment, c'est aussi l'idée qu'il se faisait du service militaire. De toute façon, Paulin n'avait jamais aimé rentrer dans le rang, et il vivait dans la crainte, légère, d'être embrigadé malgré lui dans une quelconque entreprise où on lui dirait ce qu'il doit faire et comment il doit penser. À quelques mois de son mariage, on a connu meilleur état d'esprit.

Il fit quelques pas solitaires dans la boutique où une seule vendeuse agenouillée s'affairait, dos tourné, à ranger les bijoux dans un tiroir récalcitrant. Il se dirigea vers les alliances. Étalées sur de la mousseline crème, par rangées de six, elles étaient rigoureusement espacées du même écart, mises en valeur par d'autres rangées de leds.

D'un air emprunté, Paulin touchait cette belle alliance avec les yeux : or rose 750, belle et simple. Elle brillait d'un éclat différent des autres ; d'ailleurs, s'il regardait les autres alliances dans les rangées de bijoux, c'était par pur réflexe, par pure envie de jouer au client nonchalant. Il avait déjà choisi sur le site Internet du magasin. Comme une évidence ; une impression renforcée par un examen « en vrai ». C'était celle-là, et pas une autre. Ce n'était pas une bête question de moyens, ce n'était pas juste une hésitation quant aux goûts de sa fiancée, Mathilda. C'était simple tellement c'était sûr (et réciproquement).

La vendeuse ferma un tiroir dans un grand fracas, *putain de tiroir de merde*. Comme elle s'était coincé le bout du doigt, tout à sa souffrance, elle ne vit Paulin qu'après quelques secondes, enfin. Elle se ressaisit. Mais Paulin était plus gêné qu'elle d'avoir assisté à cette scène. Cela avait rompu le charme de la boutique et l'ambiance princesse, selon l'étrange règle qui exige que plus la marchandise vend du rêve, plus les vendeuses doivent être polies.

Elle s'approcha, sur ses talons hauts, il était écrit « Marina » sur son badge blanc rectangulaire, accroché légèrement au-dessus de sa poitrine. Marina, ça ressemble beaucoup à Mathilda, se dit Paulin.

Paulin annonça son choix, gagné par son envie de s'emparer de cette alliance, de donner la somme écrite sur la petite étiquette attachée à l'alliance, de déguerpir, de quitter ce centre commercial, de quitter ces lumières, de rentrer dans sa tanière, de se planquer quelque temps. Ce serait comme un hold-up où il aurait payé. Mais ce serait oublier le protocole. On n'achète pas une bague comme une baguette, pas trop cuite, merci, au revoir. Non, il y a un circuit psychologique. On vend plus qu'un objet, on vend un choix, une décision, un examen, une ordalie.

Marina est allée chercher un plateau couvert d'un velours rouge très fin, s'est emparée de l'alliance or rose 750 aussi méticuleusement que le ferait la police scientifique. D'un geste sacré, elle l'a déposée au centre du plateau, a dirigé le même plateau vers Paulin en attendant sa réaction.

– Très bien, bredouilla-t-il. Elle est très bien, merci.

– Vous voulez l'essayer ?

– Ça ne va pas m'aller, je pense.

– Pas vous, moi, rit Marina. Quelle est la taille de doigt de votre fiancée ?

– Comme vous, dit Paulin. Des mains légères. Des doigts de libellule.

Marina rit une fois encore.

– C'est la première fois que je me fais traiter de libellule… Ce qu'on va faire, c'est que je vais l'essayer, juste pour que vous soyez sûr que c'est la bonne, puis juste après je passe la commande en taille standard, et votre fiancée viendra pour la mise à la taille. On fait comme ça, OK ?

– Oui, très bien, dit Paulin, mécaniquement, comme pour une danse sensuelle dont il ignorait tous les pas.

Marina porta l'alliance, en tournant son poignet comme un mannequin, détachée, robotique. Paulin s'empara de l'annulaire de la vendeuse pour le remuer, pour changer d'angle, pour observer l'alliance sous toutes les coutures. Puis il leva la tête et rencontra le beau visage de Marina. Des joues rondes fardées, des cheveux noirs bien peignés et ramenés derrière l'oreille, des yeux pleins de blanc comme dans un manga. Belle comme un tiramisu, pensait Paulin. C'est mieux qu'une libellule. Troublé, il sourit. Marina tournait le poignet et Paulin ne lâchait pas son doigt. Il joua à bouger l'alliance, mimant l'intérêt du joaillier quand, au fond, tout ce qui l'intéressait, c'était de sentir le frottement de l'or rose sur la peau de Marina. À chaque tour les minuscules diamants scintillaient malicieusement, et Paulin guettait la sensation du métal frôlant Marina.

Elle se décida à retirer sa main. Revenus au monde après cet instant d'un érotisme aussi fort qu'inattendu, le client et la vendeuse reprirent leur rôle tant bien que mal.

– Alors, on fait comme ça?, dit-elle.

– On fait quoi?

– Je vous commande la bague aujourd'hui, et quand elle sera arrivée, je vous envoie un message pour que vous veniez avec votre fiancée.

– Très bien, OK.

– Ce que je vous propose, c'est de payer un acompte aujourd'hui, 40 %?

La tension retombait. Tous deux se dirigeaient vers la caisse, au centre de la boutique. Autour d'eux, des gens passaient dans l'allée du centre commercial, d'un pas pressé. Un haut-parleur trop fort crachait des pubs intempestives pour une opération de promotions qui durait toute la semaine.

– Vous réglez comment, monsieur? Par carte?

– Très bien, OK.

– On peut faire en sans contact, si vous voulez.

– Très bien, OK, répétait Paulin bêtement.

Accoudé au comptoir, par-dessus des rangées de montres tape-à-l'œil, il appliqua sa carte bleue contre le terminal gris, plusieurs leds vertes s'allumèrent. Marina déchira un ticket de sa machine, qu'elle lui tendit. Ils se saluèrent.

2.

Pendant les jours qui ont suivi, Paulin ne pensait plus qu'à retourner à la bijouterie. Bien sûr, il faudrait trouver un prétexte. Acheter une babiole ? Des boucles d'oreilles ? Un pendentif ? Un sautoir (même s'il ne savait pas du tout ce que cela pouvait être) ? Un diadème, des bracelets, une tiare, un arbre de Noël, tout pour prolonger ce rêve d'une Marina couverte de bijoux, de colliers innombrables qui descendraient sur elle, de rivières de pierres précieuses glissant sur son bassin comme un serpent glacé.

Le jeudi d'après, pendant sa pause-déjeuner, il ne tenait plus. Comme d'habitude, comme trop souvent, il faisait la queue à la sandwicherie. Il allait commander la même formule, un jambon-beurre à peine décongelé, une Sanpellegrino et un financier à la pistache. Mais la queue piétinait, il s'énervait, il bouillonnait, et de toute façon un client venait de commander le dernier financier à la pistache. Alors, à bout de ressources, il plaqua sa routine, il emprunta le long couloir de la galerie marchande et se dirigea d'un pas décidé vers la bijouterie. Heureux hasard, elle était là. Toujours dans sa belle tenue de vendeuse, chic, mais pas trop.

Marina avait espéré ce come-back. Ce je-ne-sais-quoi qui l'avait traversée, ce client aussi gêné que gênant, cet essayage d'alliance où des murs invisibles s'étaient dressés autour d'eux pour les couper du reste du monde. C'était pas mal, se dit-elle. C'est n'importe quoi, mais c'était pas mal. Un peu étrange, oui, et Marina n'aimait pas les trucs étranges, n'avait aucun goût pour le bizarre, le tourmenté, elle voulait de l'assurance, du réglo. Mais quand même : être cette femme qui essaie des bijoux et qui l'espace d'un instant fait oublier leur fiancée aux futurs maris, être celle-là, mais sans être une méchante. Ce rôle de fausse mariée, ce n'était pas juste mettre une bague à son doigt à elle, c'était jouer le jeu de la femme qui pouvait tout arrêter, tout stopper, qui pouvait changer le destin d'un homme. Elle réfléchissait : qu'est-ce qui se passe dans leur tête à eux, quand je porte leur bague à elles ? Marina imaginait ses clients se dire intérieurement si ça se trouve je suis en train de faire la connerie de ma vie, en réalité ça pourrait être une autre, tout compte fait… Bien sûr, elle s'en tirait avec sa bonne conscience en se disant que c'était son rôle d'essayer l'alliance, de faire comme si c'était elle sans être elle. À son uniforme de vendeuse elle ajoutait un uniforme de fiancée, voilà, non, non je suis pas une briseuse de couple, c'est mon boulot, je joue le jeu, professionnelle jusqu'au bout des doigts et jusqu'au creux des phalanges.

Et voilà que ce type revenait déjà. Elle avait retenu son prénom, Paulin. Elle était contente de ne pas avoir à connaître celui de la fiancée. C'était mieux comme ça. Moins incarné, moins sérieux. Moins réel.

En tout cas, Paulin entra d'un pas bien réel dans la bijouterie. Comme la dernière fois, il n'y avait personne, aucun autre client, aucune autre vendeuse.

Ils se sont dit bonjour mais ne se sont pas regardés dans les yeux. Elle rangeait des papiers blancs, et lui passait de vitrine en vitrine à la recherche du prétexte parfait. Cela dura de longues minutes, parfois elle poussait un léger soupir. À un autre moment elle s'avançait de quelques pas vers lui, mais déviait en définitive vers le fond du magasin. Et lui, moins inspiré, restait presque dos à elle en imitant l'essuie-glace entre les colliers de perles et les montres pour homme.

Mû par le souci de ne pas revenir à temps au bureau, il alla vers elle.

– Bonjour.

– Bonjour.

Les dialogues étaient finement ciselés. Deux parfaits acteurs, même s'ils bégayaient leurs répliques.

– J'aimerais offrir ce collier. Celui-là, là-bas, à 299 euros. Avec les petits diamants, et la pierre rouge au milieu.

– Le rubis ?

– Oui, voilà.

– Le collier or blanc rubis et diamants, parfait, dit Marina dans un beau sourire.

Elle opéra les mêmes gestes que le jour d'avant, même rituel de sortie du bijou. Paulin avait l'impression d'être venu inspecter les enfants d'un orphelinat et d'en choisir un au détriment de tous les autres, renvoyés à leur défaut de constitution, leurs mauvaises manières et leurs ongles crasseux.

De son côté, Marina jouait les mannequins et ça la rendait nerveuse, gauche, et les plaques rouges sur son cou mettaient en valeur la sobriété de la chaîne et la beauté du rubis. Elle se rassurait en se disant qu'en fait ce n'était que le boulot, mais c'était évidemment loin de n'être que du boulot. Elle sentait les yeux du client comme un poids honteux mais tellement enivrant, comme un précipice qui appelle, et elle ne levait pas les siens, non, se contentant de ce rôle professionnel et froid pour ne pas briser l'illusion. Et après tout, cela ne dura qu'une demi-minute.

Paulin, lui, se retrouva avec le poids d'une question beaucoup plus matérielle. Est-ce que maintenant il faut que j'achète ce collier ? Car ce n'était pas juste une question d'argent foutu en l'air ou non. Non, l'acheter, c'était rester respectable, c'était rester ce client qui vient juste chercher un collier, merci, au revoir, et c'était tout bénef, le collier pour Mathilda et l'essayage par Marina : le beurre, l'argent du beurre et le cou de la vendeuse.

Mais peut-être que je me trompe..., se disait-il. Est-ce qu'acheter, c'est tromper ? Car en se retrouvant avec un collier sur les bras, il faudrait l'offrir à la fiancée, qui trouverait ça bizarre, cet achat sans occasion spéciale, qui se réfugierait derrière un remerciement poli, mais qui se poserait quand même des questions.

Quant à ne pas l'acheter, l'option avait elle aussi ses avantages et inconvénients. Ne pas l'acheter, c'était ne plus être un client comme les autres, c'était entrer pour de bon dans un rapport équivoque peu banal avec la vendeuse, c'était avouer ne pas être là pour offrir quelque chose à quelqu'un, c'était être prêt à ne même pas faire semblant ; c'était esquisser un pas en avant trop prononcé, qui allait induire Marina en erreur. Car Paulin cherchait somme toute à sauver les apparences : ce n'est rien de plus qu'une vendeuse qui essaie les bijoux sur elle en lieu et place de ma fiancée. Dernièrement, ne pas l'acheter, c'était quand même économiser 300 euros.

Perdu dans ses conjectures, Paulin ne savait même plus quelle était la meilleure façon de sauver les apparences, vis-à-vis de la fiancée, vis-à-vis de la vendeuse mannequin, vis-à-vis de lui-même, qui s'embourbait dans un jeu vaseux dont il mesurait déjà toute la dangerosité. Enfin, étant arrivé à la conclusion que l'acheter était le plus raisonnable, il annonça, d'une voix trop forte pour être spontanée :

– Je vais le prendre !

Marina, qui se posait beaucoup moins de questions, était surtout soulagée que Paulin ait sauvé les apparences jusqu'au bout.

Une cliente venait d'entrer. Elle avait la cinquantaine et l'air pressée. Paulin et Marina se sont regardés furtivement, elle a enlevé le collier de son cou, rouge comme une forge. Effectuant quelques pas libérateurs à l'extérieur de la boutique, Paulin attendait son paquet en regardant dans les travées du centre commercial les allées et venues des salariés pressés et en attendant que Marina prépare l'écrin, imprime le certificat d'authenticité, la facture, qu'elle dispose le tout dans un grand sac siglé du nom de la bijouterie. Il surveillait l'heure, il avait encore le temps de passer à la boulangerie. En regardant sa montre, il se disait qu'il pourrait en acheter une nouvelle. Depuis le temps, ce serait bien légitime. Il se disait aussi que peut-être la vendeuse glisserait un petit mot dans son paquet, qui sait ? Un numéro de téléphone, une note quelconque, un signe, aussi mince soit-il.

Mais quand Marina vint lui donner le sac, elle avait l'air d'être une personne différente. Ses pas étaient secs, cassants. Elle a simplement dit « merci et à bientôt ».

Toute la journée durant, bousillant sa productivité, Paulin se demandait si ce « à bientôt » était une invitation plus ou moins explicite à poursuivre leur jeu d'essayage ou bien si ce n'était qu'une formule professionnelle incolore, dans la même veine que « bonne dégustation » à la sandwicherie ou « belle fin de journée » au kiosque à journaux.

Ce même jour, Marina passa la soirée avec un type rencontré grâce à une amie. Il l'avait emmenée dans une trattoria exquise où elle avait commandé un flan à l'aubergine et une soupe florentine aux raviolis. Elle avait mis un collier que le type ne regarda absolument pas. Elle ne pensa qu'à Paulin ce soir-là, à son client, qu'au long dans ses rêveries elle appelait mon client mystère, certaines femmes ont des admirateurs secrets, elle avait son client mystère.

Rentrée chez elle, dans son deux-pièces mignon comme tout, elle tapota les touches de son piano, qui avait salement pris la poussière, elle joua des airs mélancoliques, qu'elle maîtrisait à la perfection car c'était comme si, ce soir-là, elle devinait mieux que tout le monde la souffrance immense qu'ils exprimaient. Depuis plusieurs années, elle ne pratiquait presque plus, elle n'y croyait plus, à son talent, le piano s'était refermé, l'ivoire s'abîmait, en attendant de retrouver quelque chose comme la foi. Et c'est tout naturellement que cette histoire farfelue avec Paulin l'avait ramenée à ça, à son piano, à sa jeunesse qui s'estompait. Sans avoir rien vu venir, elle retrouva ce soir-là cette sensation de plénitude, à chaque instant où un de ses longs doigts s'enfonçait sur une touche du clavier.

« C'est n'importe quoi », dit-elle en souriant, seule dans son salon vide. Son boulot insipide de vendeuse, ses auditions manquées auxquelles elle n'allait plus jamais. Elle rêvait de retourner dans sa province, dans son petit pays, comme elle l'appelait. Un jour, oui, peut-être, enfin, elle serait de retour, couronnée de gloire. Et même mariée, si elle rencontrait un type bien. Au lieu de ça, elle ne fréquentait que des losers, des menteurs, et le dernier en date ne rimait à rien. Un type qui va se marier, Marina, réfléchis un petit peu… Elle se jurait de ne pas jouer le rôle de la briseuse de couple, d'ailleurs elle n'en avait aucunement l'intention, c'est un jeu un peu dangereux, peut-être, oui, mais je contrôle, je contrôle. Même si c'est quand même un peu n'importe quoi, acheva-t-elle. Elle souriait sans pouvoir s'en empêcher.

À l'autre bout de la ville, Paulin ronflait très fort, car il avait bien mangé lors d'une pantagruélique soirée de dégustation de fromages, arrosée de vins rouges du Val de Loire.

Une semaine s'écoula.

Il y eut une troisième visite : pour la montre. Sauf que Paulin ne s'était pas dit au préalable que Marina n'essaie pas les montres, surtout quand il lui a bêtement répondu « Non, c'est pas pour offrir, c'est pour moi ». Quel intérêt d'essayer une montre pour un client qui est présent?, se lamentait-il après sa déconvenue. Surtout qu'il se retrouvait avec une montre dont il ne savait pas quoi faire, la porter ou ne pas la porter? Aller la rendre, ce serait un bon motif de visite. Malheureusement, quand il se rendit le lendemain à la bijouterie, une autre vendeuse que Marina s'occupa de gérer ce retour de marchandise. Il reçut un avoir.

Il y eut une quatrième visite. Aux grands maux les grands remèdes, Paulin entra dans la boutique, apostropha Marina et déclara, violemment, comme une charge de cavalerie désespérée :

– Je veux offrir des boucles d'oreilles.

Marina se para des boucles d'oreilles dans un numéro bien rodé, et les perles de Tahiti qui pendaient donnaient aux deux protagonistes de cette drôle de pièce des envies d'ailleurs, avec tous les clichés que cela charrie. Tahiti, le lointain, vivre presque nu, se prélasser à l'ombre… Les perles du bout du monde les transportaient, chacun rêvant au paradis qu'il imaginait, un vent frais, une vie dans un hamac, une vie sans stress.

Pendant que Paulin attrapait le lobe de la vendeuse et inspectait la pureté des perles, un client entra dans la boutique et interrompit ce jeu que personne ne soupçonnait.

– Bonjour monsieur, attendez, je finis avec monsieur.

Marina rangea les boucles d'oreilles. Dans la précipitation, elle ne demanda même pas à Paulin s'il comptait les acheter. Elle referma le tiroir et alla s'occuper du nouveau client, laissant Paulin se retirer de la boutique sans qu'il ait eu le temps de conclure son achat.

Il regardait le client avec fureur, sans remarquer le visage de Marina, sur lequel on pouvait lire la crainte qu'il fasse une scène, qu'il manifeste son mécontentement. Mais pour quel motif? Elle ne lui devait rien. Ils jouaient à la marchande, c'était innocent, ou presque. Puisqu'il n'y avait jamais rien eu de concret, où était le mal?

Et vint le jour où la fiancée de Paulin, Mathilda, passa à la boutique pour récupérer son alliance.

C'était quelques minutes avant la fermeture, un vendredi. Marina sortit la fameuse bague, tout se passait bien, mais au moment où Mathilda commença à l'essayer, à tendre son annulaire pour l'admirer, la fiancée fendit l'armure. Elle évoqua la bague, la montre retournée, le collier.

Elles parlèrent de Paulin. Marina trouva simplement ces mots, « vous savez, il ne s'est rien passé », mais elle ne relevait jamais la tête. Elle laissait Mathilda parler, elle en avait apparemment besoin.

– Je sais qu'il ne s'est rien passé. Enfin, je me doute. Mais ça a été un détonateur, un signe. Écoutez, Marina, je le connais. Il s'est entiché de vous. Bien sûr, tout cela est à relativiser, ça arrive à un moment critique, il va se marier, etc. Mais au-delà de ça, moi-même je ne suis plus du tout sûre de vouloir ce mariage. Enfin, je suis sûre de ne pas le vouloir, mais la question, c'est est-ce que je suis assez forte pour arrêter toute cette machine infernale... Peut-être que c'est déjà trop tard. Qu'est-ce que vous en dites, vous ?

Mais Marina n'en disait rien. Elle se retrouvait entre deux futurs époux et leurs états d'âme. Elle aurait bien donné un mouchoir à Mathilda, qui reniflait de plus en plus fort tout en réprimant ses sanglots, mais elle préférait ne pas bouger d'un cil. Soudain Mathilda serra les poings et résuma sa pensée :

– Non, c'est décidé, il faut que je sois forte. C'est sûr que ça me fait repartir à zéro ou presque, mais allez, ma petite Mathilda, tu sais que c'est ce qu'il faut faire.

Elle enleva l'alliance de son doigt, la posa sur la vitre du comptoir, doucement, quasi tendrement.

– Je vous la laisse. Et lui aussi, je vous le laisse, il est à vous. Et puis, c'est vrai que vous êtes beaucoup plus son genre.

Elle sortit, la soirée s'annonçait compliquée, et le week-end, bien long.

Et comme dans un mauvais scénario, dès le lundi, Marina vit arriver Paulin, portant un sac plastique venant de la boulangerie et apparemment tout disposé à passer du temps avec elle.

3.

Maintenant que cette tension entre eux s'était dissipée, tout ça ne rimait plus à rien. Tout était rompu, le charme, la magie, le danger. Mathilda lui avait dit je vous le laisse, mais est-ce qu'elle en voulait, de ce type… Et maintenant qu'il était rendu à la vie célibataire, il attendait quelque chose, forcément. Marina sentait le piège se refermer. Avec son air ravi, absolument pas marqué par ce qui avait dû être un week-end bien compliqué, rempli de grandes scènes, de larmes, de résolutions, de grands adieux, Paulin se comportait comme si rien dans sa vie n'avait changé.

Il revint le mardi, le mercredi. Il ne demandait plus à essayer quoi que ce soit. Il lui parlait, lui racontait sa journée au bureau, ce qui allait, mais surtout ce qui n'allait pas. Il parlait des différents desserts de la sandwicherie, voulut savoir si Marina était plutôt flan coco ou éclair au café.

Elle voulait lui parler de sa fiancée, mais après tout, qu'est-ce qu'elle était censée savoir ? Elle aurait pu lui dire franchement qu'elle ne voulait pas le voir. Au lieu de ça, elle demanda à sa hiérarchie si elle pouvait travailler en binôme, et elle accepta de s'occuper d'une stagiaire, alors qu'elle l'avait toujours refusé. Dès qu'elle voyait arriver son ancien client mystère devenu le client trop prévisible, elle demandait à la stagiaire de dire qu'elle était absente, pendant qu'elle se cachait dans la remise. Comme cela ne suffisait pas, elle changea ses horaires. Bien sûr, il ne faisait rien de méchant, et sans doute il aurait fallu être claire avec lui, lui dire qu'il n'y avait rien, qu'elle n'avait envie de rien, qu'il valait mieux qu'il ne vienne plus la voir.

Avait-il un profil de stalker, de harceleur, de celui qui vrille et qui fait d'elle son unique centre d'intérêt ? C'était ridicule, Paulin n'était sûrement rien de tout ça. Et puis de toute façon il n'avait pas son numéro, pas son adresse, pas son nom de famille. Mais quand même, quand il passait à la boutique et qu'il ne trouvait pas Marina, il lui laissait des lettres. Une fois, il lui déposa un cadeau. Incapable d'interpréter les silences de Marina, Paulin ne savait même pas qu'il était une gêne, pensant que cette étrange liaison était vouée à rester platonique, et une partie de lui trouvait d'ailleurs ça plutôt sympa.

C'est un énième cadeau qui donna à Marina la force de se débarrasser de cette épine dans le pied. De tout quitter, et en premier lieu ce boulot inutile. De déménager. De s'inscrire à cette formation d'hôtesse de l'air. De quitter cette ville, de tout recommencer. De se remettre sérieusement au piano.

Le lendemain midi, Paulin arriva à la bijouterie, où il trouva une toute nouvelle vendeuse.

– Vous êtes nouvelle ? Elle est où, Marina ?

– Elle ne travaille plus ici.

Pendant quelques secondes, il cogita. Il pensait avoir ravagé le cœur de cette pauvre petite, provoqué un séisme dans sa vie minuscule. La pauvre, trop d'amour, cela l'a effrayée. Pour se changer les idées, il se mit à discuter avec cette nouvelle vendeuse.

– Et vous, c'est comment, votre nom ?

Il déplia son *20 Minutes* et termina sa grille de mots fléchés force 2 en demandant de l'aide à la nouvelle vendeuse, Sofia. Puis il prit ses aises comme il s'y était habitué, et se mit à lire l'horoscope du jour.

– C'est quoi, votre signe ?

Les clients ne se bousculaient pas, alors Sofia entra gentiment dans son jeu.

– Cancer... Alors, ça dit quoi ?

– C'est simple : « Vous allez rencontrer le grand amour aujourd'hui. »

Elle lui sourit et il se jura de passer sa vie avec elle.

4.

Cinq ans plus tard, à l'aéroport de Madrid.

Il n'y avait pas grand monde, c'était mardi matin. Marina venait de se changer dans les vestiaires des locaux d'Iberia, troquant l'uniforme bleu pour une tenue plus habillée. Elle avait presque trois heures devant elle, elle connaissait par cœur le grand hall du terminal 3 et se dirigea tranquillement vers le piano.

Elle commença à jouer, les gens écoutèrent, s'intéressèrent, s'approchèrent, sortirent leur téléphone pour filmer, au début elle leur demandait de ne pas le faire, à présent elle savait qu'elle ne pouvait pas l'empêcher. On trouvait de nombreuses vidéos d'elle sur YouTube, certaines avec des centaines de milliers de vues, c'était la fameuse hôtesse qui jouait pendant ses escales un peu partout dans le monde au gré de ses déplacements, sur le piano des aéroports de Copenhague, Lisbonne, Buenos Aires, Sydney… Comme une carrière internationale qui ne disait pas son nom.

Elle s'épanouissait dans ce mode de vie plein de voyages, de découvertes, de décalages horaires, elle jouait dès qu'elle le pouvait, qu'elle se trouve sur le Vieux Continent, au fin fond de la Chine, en zone de guerre ou en zone tropicale. Sa vie elle-même était composée d'escales, panachée d'histoires sérieuses, d'autres moins sérieuses, avec des fiancés assez lucides.

Elle avait su concrétiser, à sa façon, ce rêve de piano, profitant de l'ambiance décontractée des halls d'aéroport pour oser jouer en public, ne se risquant pas, ou alors rarement, à exécuter du Debussy, du Berlioz ou quelque chose de tortueux et qui de toute façon ne parlait pas à son auditoire. Elle reprenait des classiques internationaux, les Eagles, les Rolling Stones, les Guns N' Roses, les Cardigans, Toto…

Ce mardi matin, tous les voyageurs entre la porte 30 et la porte 36 la regardaient, ce jour-là à Madrid-Barajas, exécuter *Hold the Line*. À la fin du morceau, les gens applaudissaient, pas seulement par politesse, mais les pianistes d'aéroport ont ce privilège d'avoir comme assistance des gens pas trop regardants, bon public, loin des exigences drastiques d'un jury de concours. Pour remercier cette audience, elle entama une reprise de *Still D.R.E.*, de Dr. Dre, plus puissante, hypnotique, les notes s'abattaient sur les voyageurs, imposantes et sans répit comme une prise d'otages pendant un casse, le tout sous bonne garde d'une Marina ravie de montrer qu'elle savait tout jouer, même du rap, et qu'elle n'était pas une souris de conservatoire.

Elle souriait car elle se trouvait très en forme, c'était presque parfait ; elle avait toujours aimé le piano de Madrid-Barajas.

5.

Nous avions laissé Paulin à la bijouterie, en pleine discussion avec son coup de cœur Sofia, jurant de l'aimer toute la vie. Cinq ans plus tard, il se trouvait lui aussi à l'aéroport de Madrid-Barajas, avec sa femme, Annabelle.

Attendant à la porte 33 son vol pour Lyon, Paulin revenait d'un séjour aux Canaries. Gran Canaria, c'était sympa, mais un peu trop de monde, trop de touristes anglais qui vomissaient partout dans les hôtels. Son *Télé 7 Jeux* sous le bras, il s'assit sur sa valise.

– Tu veux pas t'asseoir à côté de moi ?, lui demanda Annabelle.

– Non merci, répondit-il fièrement à sa femme, je ne m'offrirai du confort que quand j'aurai résolu cette grille de mots fléchés force 3. Et peut-être même que j'irai m'acheter un macaron XXL pour m'autoféliciter.

– Je te féliciterai, moi, dit Annabelle, qui ouvrit le premier des cinq magazines people qu'elle venait d'acheter. C'est nul, c'est tout en espingouin, je comprends pas ce qu'ils racontent. Enfin, Britney, même en Espagne, c'est toujours Britney.

Mais très vite Annabelle sentit Paulin absorbé par autre chose, lui tournant le dos, ne bougeant presque plus.

– Qu'est-ce qu'il t'arrive ?

– Je connais cette femme. Celle qui joue du piano, là-bas.

Annabelle n'en conçut aucune jalousie, ce n'était pas son genre.

– Ah, j'en ai des histoires, hein, t'as vu ! Il a bourlingué, ton Paulin.

– Mouais, je suis sûre que c'est elle qui t'a plaqué. Regarde-la, elle est beaucoup trop bien pour toi !

– Tu crois vraiment ça ! C'était il y a pas mal de temps, dans une autre vie. J'étais fiancé (pas à elle), et on a commencé à flirter. Enfin, il ne s'est rien passé, hein.

– Même pas un bisou?, s'étonna Annabelle.

– Non, même pas, c'était très cérébral.

– « Très cérébral »... Tu l'as dit, ça devait vraiment être dans une autre vie!

– Je passais la voir à son travail – elle bossait dans une bijouterie – pendant mes pauses-déjeuner, ou quand j'avais fini ma journée, je ne sais plus trop, ça remonte! On refaisait le monde, elle buvait mes paroles. Mais je crois que c'était trop fort pour elle, ce qu'il y avait entre nous. Je l'aimais bien, tu vois, mais c'était pas non plus le feu d'artifice.

– Et donc, il s'est passé quoi, pourquoi ça n'a pas marché...?

C'était plus intéressant que les affres de Kanye West, que les désillusions d'Angelina Jolie ou que les déboires de la nouvelle Miss France. Annabelle adorait les histoires des autres (peut-être un peu trop).

– Elle a disparu, du jour au lendemain... Je suis passé à sa boutique et on m'a dit qu'elle avait démissionné. Après tout ça, je me suis un peu embêté pendant mes pauses. Mon avis, c'est qu'elle a eu les jetons. Elle devait se dire que mon mariage avait été annulé à cause d'elle, elle s'en voulait atrocement de l'avoir gâché.

– C'était le cas?

– Non, de toute façon avec Mathilda, ma fiancée, on ne s'aimait plus vraiment. Enfin, elle m'aimait encore, et moi, j'étais amoureux d'elle, mais sans doute pas au point de franchir le pas. Un soir, c'était vendredi, je m'en souviens parce que je regardais *Koh-Lanta*, Mathilda a voulu prendre les devants pour me dire qu'elle ne voulait plus se marier. Avec le recul, j'ai fini par comprendre qu'elle avait toujours caché un comportement assez immature.

– Mon pauvre, ça doit être difficile, toutes ces filles qui t'aiment.

Tous les deux s'étaient approchés du piano, attirés malgré eux. Ils se tenaient debout, pendant ce temps Marina était passée à Dire Straits, et ils écoutaient la fin de *Tunnel of Love*. Pendant les applaudissements, Annabelle lui demanda :

– Tu ne vas pas aller la voir ? Elle sera sûrement contente de te voir !

– C'est délicat... La vie m'a appris que, parfois, il vaut mieux ne pas rouvrir les vieilles blessures. Elle a su être courageuse en partant, je ne vais pas gâcher tous ses efforts maintenant, surtout qu'elle s'est peut-être mariée, maintenant, avec des gamins, une belle situation, etc. Non, sincèrement, je peux pas lui faire ça.

– Ah, toi, tu es un vrai romantique. Et dire que c'est moi qui t'ai mis le grappin dessus. Tu es certain que tu ne veux pas aller la voir ? Promis, je ne serai pas jalouse.

– Non, c'est une mauvaise idée... Vraiment je peux pas faire ça. Je veux pas briser sa vie.

Tunnel of Love se termina, des applaudissements retentirent dans le hall. Quelques secondes plus tard, Marina entama les premières notes de *Still Loving You*, des Scorpions.

– Tu vois, qu'est-ce que je te disais !, dit Paulin d'un air entendu.

Poursuivant sur cette note légère et kitschouille qui plaît à coup sûr dans ce genre d'assistance, surjouant par instants pour ajouter du pathos à cette chanson larmoyante, Marina sourit, rayonnante au-dessus de son clavier. Elle ne pensait jamais à Paulin. Au milieu des passagers et des valises, un couple de quadras commença à danser un slow, et elle continuait à jouer, tellement épanouie qu'elle joua un dernier air pour de futurs mariés, puis encore une dernière chanson demandée par une vieille dame, elle jouait, jusqu'à éprouver un tranquille épuisement.

LA SIGNATURE

> « Je compris que cette image (si peu ressemblante fût-elle) était infiniment plus réelle que moi-même ; qu'elle n'était en aucune façon mon ombre, mais que j'étais, moi, l'ombre de mon image. »
>
> Milan Kundera, *La Plaisanterie*

Vus de la fenêtre du salon, les arbres de la cour avaient de belles couleurs, jaune, orange, rouge, me disais-je en attendant la fin d'une page de pub interminable. Puis une sonnerie de téléphone est venue interrompre ma rêverie impressionniste – et ma session Netflix. Je ne m'inquiète pas spécialement quand je vois que mon conseiller bancaire appelle. En revanche, quand c'est le directeur de la banque, là, c'est plus inquiétant. Si inquiétant que j'ai préféré ne pas décrocher.

Deux minutes plus tard, j'écoutais le message sur le répondeur. *Bonjour, monsieur Chaligny, il y a un problème avec un des documents que vous avez remplis la semaine dernière, rappelez-moi*, etc. Un problème ? Qu'est-ce qu'il peut y avoir comme problème quand on ouvre un compte sur livret pour son enfant de

3 mois ? Ils n'ont plus de doudous avec leur logo en stock ? Bon, bon, on rappelle. Oui, bonjour, appelez-moi le directeur, merci.

Je patiente une minute, lente à s'écouler comme une grosse goutte d'eau, m'imprégnant du groove de leur musique d'attente en me disant que j'aurais pu être un excellent jazzman. Hélas, on ne vit qu'une fois.

– Ah, monsieur Chaligny, merci de me rappeler.

Bon, viens-en au fait, Dugland.

– Monsieur Chaligny, écoutez, on me dit qu'il y a un petit souci avec un de vos documents.

À cet instant toute ma vie bancaire a défilé sous mes yeux à la vitesse grand V. Mes mensonges pour le prêt. La moto, les clopes, l'année sabbatique qui a duré quatre ans, le parachute, la Ventoline. Ils ont remonté tous mes réseaux sociaux, Twitter, Insta, ils savent que je ne mène pas vraiment une vie popote et que les assureurs me craignent. Je suis bon pour la potence. Ou en tout cas pour qu'ils annulent le prêt, ou qu'ils demandent un remboursement. Dans tous les cas un truc pas forcément grave, mais excessivement pénible.

– C'est-à-dire ? Quel document ?

Du ton de celui qui a déjà la tête ailleurs, pour que ça passe plus vite, le type déjà dans le futur.

– C'est à propos de votre signature, monsieur Chaligny.

– Oui ?

– Monsieur Chaligny, c'est vous qui avez signé ces papiers ? Car on dirait que quelqu'un a imité votre signature.

– Quoi ?

Et arrête de dire mon nom à chaque fois, c'est bizarre.

– Vous pouvez venir à la banque pour l'authentifier ?

Mince. Moi qui avais un gros programme aujourd'hui. Lecture : quinze minutes. Jeu vidéo : six heures. Au menu, crocodiles Haribo trempés dans de la 1664.

– Alors, aujourd'hui, aujourd'hui…, lui dis-je en tournant oralement les pages d'un agenda désert. En fin de journée, c'est bon, je vais peut-être pouvoir me libérer.

– Entendu, à tout à l'heure.

2.

Un jour, alors que j'étais un ado sacrément sédentaire, je suis sorti de la maison, ce qui était en soi un événement : on me demandait à la mairie. J'avais 13 ans, c'est le moment qu'on a choisi pour me faire ma première carte d'identité. *C'est quoi ta signature ?*, me dit la fonctionnaire de mairie en me tutoyant. Je n'en avais pas. J'ai écrit un bidule, en stylisé, mes initiales vaguement penchées pour me donner un dynamisme dont j'étais cruellement dépourvu.

Mais depuis, je n'ai toujours pas l'impression d'avoir *vraiment* une signature. Au fil du temps, à chaque fois qu'on me demandait une signature, tout compte fait j'imitais cette première signature improvisée, en essayant de la singer aussi bien que possible ; je m'imitais moi-même et ça donnait une drôle d'impression. Comme si je tentais d'être le moi qui avait eu une signature, ce type qui avait le même nom que moi et dont la photo occupait la moitié gauche de ma carte d'identité.

Une fois entré en possession de cette magnifique carte, chez moi j'avais ouvert un cahier petit format, c'était samedi midi et j'avais noirci des pages et des pages en essayant de faire apparaître une signature que je serais capable de reproduire à l'infini, la même, authentique, infalsifiable, personnelle ; mes armoiries, mon ADN, ma personnalité. Mais je ne savais pas me prendre pour un autre à ce point. L'exercice me paraissait calculateur, c'était l'âge du culte de la pureté et du refus des compromissions, des vœux pieux autour de la sincérité humaine et des grandes interrogations autour de l'éternelle hypocrisie sociale.

J'écrivais machinalement, je m'inspirais de mes parents. Comme tout le monde, j'imagine. Le samedi soir, je leur avais demandé comment, eux, ils avaient choisi leur signature. Puis dans les jours qui ont suivi j'ai demandé à ma sœur, aux copains, aux grands de tous horizons, mais tous me répondaient à peine, comme si le sujet n'était pas digne d'un tel intérêt. De toute façon, ils n'auraient pas livré leur histoire, ils auraient esquivé, tous disant la même chose, *oh, c'est venu comme ça.* Mais tu parles. Ils devaient avoir eu ces après-midi, eux aussi, à griffonner leur trait, celle-là, elle me donne l'air viril, celle-ci, elle me donne l'air femme libérée. Essayages de fausses fourrures dans d'étroites cabines de narcissisme.

D'ailleurs, c'est peut-être pour ça que j'ai du mal avec les signatures. Plus jeune, je n'avais pas d'image de moi, je ne cherchais pas à donner une image de moi. Et pendant des années, ça a été ma plus grande erreur. De croire que les gens étaient pareils. De croire les gens, tout court. Naturel, le sourire sur les photos. Pas étudiée, la tenue le jour de la photo de classe.

L'heure avançait, le rendez-vous à la banque se rapprochait. Comme j'allais sortir aujourd'hui, il fallait bien que je me lave. Et pendant que je me grattais le cuir chevelu et que ça ne moussait pas comme dans les pubs, je pensais sous la douche à toutes ces années où j'étais passé à travers les gouttes. Au début, ça me paraissait fou que les gens ne remarquent pas cette signature si *empruntée.* N'importe qui aurait vu que quelque chose clochait. Mais pour ça il aurait fallu comparer les spécimens. État d'esprit étrange : content que personne ne remarque cette signature hésitante qui trahissait mon malaise, mais déçu que personne ne s'intéresse assez à moi pour y prêter attention.

Et dès que je dois signer un document quelconque, le mot qui me vient est « fantoche », un mot pour synthétiser tout ce que cette activité m'inspire. Un fantôme louche et moche. Un fantassin qui a la pétoche. Un flan qui fait du cinoche.

J'en ai bien parlé à ma femme, un jour. *Mais tu sais, c'est pareil pour moi*, qu'elle me dit. *Mais non, tu es loin du compte, mon chéri*, etc. Elle insiste : *Je t'assure, les signatures ne se ressemblent pas. Oui, tu crois que tu fais tout autre chose, mais non, tu exagères parce que c'est la tienne, parce que ça te tient à cœur, tu te montes la tête, tu exagères toujours tout.*

N'empêche que c'est monsieur Chaligny qu'on a appelé, je te signale, grosse maligne, alors, qui se montait la tête ?

Elle m'énerve quand elle m'empêche de dramatiser. Bien sûr, au quotidien, c'est préférable, pas de catastrophisme, pas de grandes scènes, notre vie, une 2×2 voies bien tracée où on reste dans notre file. N'empêche : dramatiser, ça a son petit côté exhausteur de goût.

3.

Si seulement j'avais pu griffonner une croix comme les personnages idiots dans *Lucky Luke*. Mais quel rapport entre une signature et l'écriture ? Car il ne s'agit pas d'écrire. Il s'agit de dessiner son autoportrait. Et c'est vertigineux. Non, décemment, je ne pouvais pas y aller ce jour-là.

J'ai appelé pour décaler au lendemain. Ce serait plus facile. La nuit porte conseil, et tutti quanti.

– Très bien, monsieur Chaligny, c'est noté, je transmets le message.

J'avais simplement besoin de m'entraîner, de m'exercer. Ouvrir les Pages jaunes, trouver un maître chinois qui saurait m'apprendre l'art de l'autographe quitte à suivre un entraînement draconien. En accéléré. En ligne.

Au lieu de ça je suis passé à la papeterie, j'y ai acheté un cahier, quarante-huit pages. Il était rouge comme une honte, mais je me suis senti fier d'aider le petit commerce et ça m'a redonné confiance en moi. J'ai installé mes batteries sur mon bureau, prêt pour la bataille, assis nerveusement comme un général une étoile. Devant moi :

– un cendrier ;

– un paquet de Marlboro presque vide qui occupait un tiroir depuis des années ;

– un briquet ;

– un quatre-couleurs ;

– une vieille bouteille de Powerade (la signature est un sport extrême).

J'ai écrit *cahier de signatures* sur la page de garde. Le liquide bleu et visqueux du Powerade stagnait dans le verre à moutarde *Les Indestructibles* comme un blessé agonisant qui va vous lâcher. J'allumai une clope. Armé de mon stylo, je tirai des salves de signatures et remplis peu à peu une page comme un mur criblé de balles, puis deux pages, puis trois, cinq, écrivant mon nouvel acte de naissance symbolique.

J'avais choisi d'écrire mes initiales, sobrement. Quel que soit le degré de confiance, pas d'excès : signature courte. Deux lettres. Pas viser trop haut non plus. Parce qu'avec une signature à rallonge, on verse clairement dans le sociopathe mégalo, le type capable de broyer ses semblables en souriant, persuadé que tout ce qu'il fait est parfaitement normal. Ce genre-là, quoi.

Quelques heures après, ma signature était parfaite ; j'y arrivais, il fallait croire. Sonnez hautbois. Malgré quelques variations ultralégères, un beau travail, une belle réussite. Et à ce moment donné, j'ai pensé que, hors situation, hors contexte, ça ne valait rien. Il me fallait une situation exacte, concrète, pour signer en bonne et due forme. Comme les penaltys, un moment pur de sang-froid, au pied du mur, jugé par des spectateurs. Les penaltys ressemblent assez étrangement à des signatures, où le goal est un examinateur sourcilleux. On parle bien d'un gardien, non ?

Je remplis encore quelques autres pages du cahier, machinalement.

La nuit était tombée et j'étais toujours à mon bureau.

Je n'ai pas réussi à dormir. Sur Internet, j'ai voulu enquêter, partir à la rencontre des gens avec le même problème. J'ai finalement échoué sur Doctissimo, où je me suis découvert un potentiel diabète de type 2. Il y avait aussi ce site de psychanalyse lacanienne, qui ne parlait pas de signature mais justement de « cygne-nature », en exposant à partir de là le syndrome dit du « vilain petit canard ». *La signature, dans son projet, est un inaccessible, qui repose sur le postulat d'un moi fixe, stagnant, que rien ne trouble. Mais le moi n'est pas ce lac calme, éternel, fixe que confirmerait la présence d'un hypocrite « cygne-nature » qui lui conférerait une beauté picturale, un moi carte postale, un moi qu'on offre aux autres sous ses plus belles couleurs. La signature suppose un acte quasiment divin et par là elle nous est refusée comme d'autres portes du paradis, ou de l'enfer. La signature est inadmissible et d'ailleurs elle n'existe pas.*

Cette nuit-là, j'étais dans un état étrange, un pseudo-sommeil, une rêverie profonde dans laquelle j'étais le héros d'un film français. L'histoire d'un mec qui a perdu sa signature, il consulte un docteur (on comprend vite que c'est un charlatan) qui pose un diagnostic ; *ça, c'est une amnésie scriptive, à n'en pas douter, une pathologie curieuse.* Dans les scènes domestiques, il y a une belle actrice pour m'aider à la retrouver, qui ressemble vaguement à Gemma Arterton. Il y a aussi un moment mystique, vers 55 minutes du film, au plus fort de la crise, donc, un passage par la religion, où, enfermé dans une cellule sombre d'un monastère perdu, je marmonne quelque chose comme *je me signe, je me signe*. Terrifiant.

Au petit matin, je me suis efforcé de noter tout ça, imaginant vendre mon scénar à des producteurs de Hollywood, avec tous ces gens qui me demanderaient

« Alors, la Paramount ? », et moi leur répondant, dans un rictus : « C'est OK, on a signé. »

4.

C'était le grand jour.

Mon projet était de passer à la poste avant la banque, d'envoyer un recommandé quelconque pour tester mon spécimen. Dans les conditions du direct, comme on dit. Écrire une lettre au président ? Lui parler des gens sans signature, cette minorité en souffrance. Non, tiens, écrire plutôt à la première dame. C'est très première dame, ça, comme cause à défendre. Entre les pièces jaunes et les animaux abandonnés. Mais la poste était fermée. Ne comptez pas sur moi pour faire des blagues là-dessus, mes parents travaillaient aux PTT.

Quand je suis arrivé à la banque, ils m'ont laissé patienter en salle d'attente. Je réfléchissais au pourquoi du style toujours précipité des signatures. C'est pas pour le temps qu'on y gagne. C'est plutôt que, en signant, on devient adulte, avec la représentation qu'on s'imagine du monde des grands. Un type pressé, important, *voilà, voilà, je les signe, vos papelards ; et je compte sur vous, hein, vous m'appelez dès qu'elle arrive à la concession.* Un type qui signe les formulaires des artisans avec l'air de celui qui trouve le devis un peu trop salé, mais bon, qui signe quand même, en appuyant fort sur la feuille. Un type qui signe pour sortir de l'hôpital. Celui qui signe les reçus, les pétitions, les punitions, expéditif et efficace comme un général sud-américain.

Le directeur arrivait. Résonnez musettes.

Il avait dû en voir, des gens qui pleurent dans son bureau. Des interdits bancaires, des acheteurs compulsifs, des veuves vénales, des héritiers suicidaires, mais des types comme moi à cause d'un faux en signature… Et encore, un faux… En l'espèce, un faux faux.

Je m'étais préparé à des explications gênées, à ce qu'il me pose plein de questions. Mais mes apitoiements ne l'ont pas intéressé. Les banquiers sont des gens arrangeants. Il a écouté, et m'a juste dit, *de toute façon, vous savez, sauf grosse opération, on ne vérifie pas vraiment, enfin, je vous dis ça, c'est entre nous*. Le directeur n'en avait rien à foutre. Et je pèse mes mots. *Une signature, une signature, ça ne vaut pas grand-chose. Regardez les chèques. Plus personne n'en veut. Trop de risques.*

Je soufflais.

Tenez, si le papier vous convient vraiment pas, vous pouvez passer à l'écran tactile, c'est impossible d'avoir une signature correcte avec ces trucs-là. La vie du côté pratique. Pourquoi pas, en effet.

Il m'a présenté un appareil. La pulpe de l'index contre le terminal, j'ai dessiné maladroitement un gribouillis quelconque. J'ai dû en exécuter un deuxième, pour remplir les formalités. Les deux spécimens ne se ressemblaient pas du tout ; mais c'était normal.

5.

En sortant de la banque, je suis passé à la mairie.

J'ai perdu ma carte d'identité, ai-je dit à la vieille dame de l'accueil, d'un ton neutre pour cacher mon petit mensonge.

On m'a désigné le bureau ad hoc.

Au bout de quelques minutes, les formalités remplies, on m'a demandé une signature.

Comme j'avais beaucoup changé depuis ma première carte d'identité, ma signature devait aussi changer et ne plus être ce reflet fantomatique que je traînais comme un boulet (à ce sujet, je me suis toujours demandé pourquoi les fantômes, qui sont légers comme l'air, sont mécaniquement associés à des boulets, qui eux sont très lourds, il y a quelque chose de pas logique là-dedans).

J'ai écrit un truc qui me ressemblait, facile, sobre, avec un point à la fin, par pure coquetterie. Ma nouvelle signature était facile à imiter, sans cachet, sans fioritures, c'était le reflet de ma vie calme.

J'aurai ma carte dans combien de temps ?, je demande.

Mais je n'ai même pas écouté la réponse.

Le type déjà dans le futur.

TABLE

Ce 422e titre du Dilettante a été composé par Lucille Sonntag et achevé d'imprimer à 1 515 exemplaires le 10 mars 2023 par l'Imprimerie Floch à Mayenne (Mayenne). Il a été tiré, en outre, 13 exemplaires sur vélin Rivoli blanc, numérotés à la main. L'ensemble de ces exemplaires constitue l'édition originale de « Quimper, Nevada », de Mathieu Lestrohan.

Dépôt légal : 1er trimestre 2023
(102256)
Imprimé en France